KB062414

로크미디어가
유혹하는
재미있는 세상

ROK
MEDIA
로크미디어

이것이 법이다

이것이 법이다 66

2019년 6월 20일 초판 1쇄 인쇄
2019년 6월 25일 초판 1쇄 발행

지은이 자카예프
발행인 이종주

총괄 김정수
경영 지원 배진경 임혜솔 송지유

기획 이기헌 왕소현 박경무 이승제
책임 편집 최전경

발행처 (주)로크미디어
출판등록 2003년 3월 24일
주소 서울시 마포구 성암로 330 DMC첨단산업센터 3층 318호, 319호
Tel (02)3273-5135 **편집** 070-7863-8592 **Fax** (02)3273-5134
홈페이지 rokmedia.com **E-mail** rokmedia@empas.com

ⓒ 자카예프, 2015

값 8,000원

ISBN 979-11-354-3345-0 (66권)
ISBN 979-11-255-9575-5 04810 (세트)

이것이 법이다

66

자카예프 장편소설

ROK
MEDIA
로크미디어

CONTENTS

잘못된 것은 잘못된 것

　노형진이 방송에서 제대로 처바르고 나자 사회적으로 분위기가 확 바뀌었다.

　지금까지 국민들은 경찰과 검찰이 알아서 잘 처리할 거라 생각했다.

　그래서 뒤에서 욕할지언정, 그 내부의 처벌에 대해서는 신경 쓰지 않았다.

　애초에 처벌 자체가 오래 걸리는 일인지라 먹고살기 바빠서 일주일만 지나면 다 잊어버리는 사람들이 그 사건을 계속 추적할 수도 없는 노릇이고 말이다.

　그러나 노형진이 그런 사건의 결말에 대해 발표해 버리자 국민들의 반응은 뜨거운 물처럼 끓어올랐다.

"언론의 힘이기는 하지만 좀 다르기는 하군."

송정한은 사람들의 반응을 보면서 피식 웃었다.

사건 하나로 불러올 수 있는 정도는 아니었지만, 사람들이 검찰과 경찰에 대한 분노를 토해 내는 데에는 충분했다.

"이 정도면 언론도 물어뜯을 수밖에 없지요, 후후후."

학교 폭력에 의한 자살 사건이야 잠깐의 이슈일 뿐이겠지만, 경찰과 검찰이 그 사건을 은폐하고 처벌을 조작했다는 것은 엄청난 충격일 수밖에 없었다.

물론 검찰 입장에서는 억울할 수도 있다.

그들은 그저 위에서 정한 규칙대로 움직인 것뿐이니까.

'하지만 잘못된 규칙을 지키려면 그 책임도 져야 한다는 걸 알아야지.'

자신도 아는 것을 검찰이 과연 모를까?

그럴 리 없다.

그럼에도 불구하고 그들은 명령에 따라 자신들이 만든 규칙 내부에서만 움직였다.

"그러면 이제 어떻게 해야 하나? 바로 소송에 들어가야 하나?"

"그것도 방법이기는 하지만, 일단 다른 방법도 같이 써 볼 생각입니다."

"다른 방법을 같이 써 본다고? 무슨……?"

"헌법 소원과, 피해자들을 모아서 손해배상 및 재심 청구 소송을 할 겁니다. 그리고 기존 검사들은 업무상 배임으로 고소할 거구요."

"기존 검사들?"

"네."

"그 사람들이 무슨 잘못이 있다고?"

"그들은 잘못된 걸 알면서도 따랐습니다. 그 책임을 져야지요."

"으음……."

"사실 그건 표면적인 이유이고요."

"그러면?"

"진짜 목적은 검사들의 입에 재갈을 물리는 겁니다."

"역시나 그렇군."

지금이야 국민들이 분노하겠지만 시간이 지나면 또다시 잊어버릴 테고, 그러면 검사들은 또다시 무소불위의 권력을 휘두르면서 가해자들을 풀어 주는 방향으로 노력할 것이다.

그걸 막기 위해서는 지금 미리 움직여야 한다.

"피해자들을 모아서 헌법 소원도 시작할 겁니다."

"헌법 소원이라……. 시간이 오래 걸린다고 하지 않았나?"

그러자 노형진은 미소를 지었다.

"그건 사실이지요. 하지만 이건 법이 아니라 처리 지침이니까요."

"응?"

"여러분도 아실 겁니다, 헌법 소원의 대상은 법뿐만이 아니라는 걸."

"그렇지."

헌법 소원의 대상은 국가의 권력 행위를 기준으로 정해진다.

가령 국가의 명령이나 조례, 또는 판결 같은 것도 헌법 소원 대상이 된다.

"당연히 처리 지침도 마찬가지지요."

명백하게 법의 한계를 정하는 권력 행위.

변론하는 사람들이야 처리 지침은 대상이 아니라고 주장하겠지만, 실질적으로 국민들에게 권력적인 영향을 준다고 하면 헌법 소원의 대상이 될 수밖에 없다.

"그건 아네. 하지만 자네가 그러지 않았나, 이걸 소송을 걸면 5년은 걸릴 거라고."

"그렇지요."

"하지만 피해자는 그걸 보지 못할 가능성이 높다고……."

"그래서 지금 피해자가 아닌 다른 분들을 기준으로 소송을 진행할 겁니다. 그렇게 하면 5년 이상 걸리지 않습니다."

"뭐? 어째서?"

"검사가 아무리 잘난 척해도 결국은 공무원 아닙니까?"

"응?"

다들 어리둥절한 표정이 되는 가운데, 손채림만이 노형진이 뭘 노리는지 알아차렸다.

"검찰에 압박을 가하려고 하는 거구나!"

"정답. 잘 배웠네."

"압박이라니 무슨 소리인가?"

"말 그대로입니다. 저는 그들의 처리 지침에 헌법 소원을 넣을 겁니다. 그러면 검찰에서는 어떻게 대응할까요?"

"그거야……."

송정한은 그런 일이 벌어진 상황을 상정하여 검찰과 법원의 방식을 천천히 생각해 봤다.

결론은 어렵지 않게 나왔다.

"피해를 막으려고 하겠군."

"네."

그 처리 지침을 대상으로 헌법 소원을 하는 경우, 지침의 존재가 명백하게 헌법에 위배될 가능성이 높다.

일단 법을 만드는 권한은 국회에만 있다는 규정을 무시한 것인 데다 국민의 평등권도 침해하고, 그것 말고도 이것저것 헌법에 위반되는 사항이 많으니까.

"그러면 저들의 반응은 둘 중 하나입니다."

하나는 끝까지 싸우면서 그 처리 지침을 지키는 것.

다른 하나는 그걸 없애는 것.

"전자를 선택하면 우리가 곤란합니다. 우리의 목적은 후자를 선택하게 만드는 겁니다."

"그렇겠지. 저쪽에서 후자를 선택해야 살인으로 공소가 바뀌어 들어갈 테니까. 하지만 그들이 쉽게 포기할까?"

물론 그들이 만든 처리 지침은 헌법적으로 말이 안 되는 소리이기는 하다.

하지만 그들도 나름의 자존심이 있기 때문에 그걸 쉽게 바꾸려고 하지 않을 것이다.

평소 알게 모르게 처리 지침을 통해 입법도 관장하고 있었으니 그 권한을 빼앗기는 것을 원하지 않는 탓이다.

"그러니 그들을 압박해야지요."

"하지만 무슨 수로? 물론 지난번 방송으로 충분히 기름을 부었고, 불은 지폈다고 생각하네. 하지만 그게 끝 아닌가? 더 이상 연료가 없어."

충격적인 뭔가가 터졌다고 해도 그걸 이어 가기 위해서는 꾸준한 연료, 즉 떡밥이 필요하다.

그런데 지금으로서는 그런 마땅한 연료가 없다.

"물론 노 변호사가 그런 검찰의 피해자를 모아서 항고하고 민사까지 가겠다고 하지만, 그건 어디까지나 개인적인 사건일세. 그리고 내 경험상 연료로 쓰기에는 많이 부족해."

여론을 불태우는 연료로 쓰기 위해서는 그 사건이 아주 큰 분노를 자아내게 해야 한다.

그런데 그런 분노를 자아내기에 개개인의 민사는 적합하지 않다.

"그건 제가 좀 준비했어요."

"손채림 양? 자네가?"

"네."

손채림은 씩 웃으면서 옆에서 제법 커다란 상자를 꺼내 들었다.

"이건 뭔가?"

"검찰들의 지난 몇 년간 승진 기록요."

"그런데?"

"그런 사건들을 처리했던 사람들의 기록을 찾아봤는데, 대부분 승진했더라고요."

"그거야 당연한 거 아닌가?"

이런 사건을 처리하는 사람들은 고위 검찰이 아닌 일선 검찰이니, 적당한 시점이 되면 승진하는 것이 보통이다.

"그건 그렇지요."

노형진은 고개를 끄덕거렸다.

하지만 입에는 미소를 가득 띠고 있었다.

"하지만 국민들은 잘 모르지요."

"응?"

"그건 정확하게 말하면 승진 비율의 문제입니다."

"그게 무슨 소리야?"

"철저하게 처리 지침에 따라 처벌한 사람들, 그런 사람들은 충성파입니다. 사실 그러한 처리 지침에도 불구하고 강력하게 처벌하려고 한 사람들이 없는 건 아니거든요."

"그런데?"

"그런 사람들은 대부분 승진에서 누락되었습니다."

"어째서?"

"우리나 국민이 보는 사건은 하나지만, 그들이 처리하는 사건은 여러 개니까요."

쉽게 말해서 이런 거다.

처리 지침은 사실 강제성이 없는 권고 사항에 불과한데, 정상적인 사람들의 의견을 받아들이는 정의를 추구하는 검사들은 비합리적인 처리 지침이 떨어졌을 때 아예 무시해 버리거나 그 처리 지침 내에서라도 최대한 형량을 늘리려 한다.

"하지만 지침을 지키지 않으면 인사상의 불이익을 받게 되어 있지요. 말로는 비강제적이라고 하지만 사실 인사고과를 결정하는 것은 그런 처리 지침을 내리는 상부의 사람들이잖아요. 과연 그들이 자신들이 내린 처리 지침을 무시하는 검사를 좋게 볼까요?"

"아하!"

그제야 송정한은 노형진이 노리는 게 뭔지 알아차렸다.

비강제적이라 해도, 그걸 따르지 않았을 때 불이익을 준다면 강제나 마찬가지다.

법적인 책임만 없을 뿐, 조직 내에서는 규칙을 따르지 않는 사람에게 불이익을 줄 수밖에 없다.

"그러니까, 그 사건을 맡았을 때 지침에 맞게 최대한 형량을 줄인 사람들은 다른 사건도 위의 입맛에 맞게 처리할 거라는 거군."

"그렇지요."

반면에 처리 지침을 지키지 않는 사람은 다른 사건들 역시 개인의 정의 관념에 따라 처리할 테니 자연스럽게 승진에서 탈락할 수밖에 없다.

"그러니 정의로울수록 좌천되고, 말을 잘 들을수록 영전하는 겁니다."

"그걸 까발리겠다는 거군."

"네. 국민들은 이 사건만 보고 있으니까요."

이 자료가 나가면 사람들은 어떻게 생각할까?

검사 한 명의 전체적인 상황을 살펴 승진할 시기가 되었으니 자연스러운 일이었을 거라고 판단할까? 동기는 좌천했는데?

아니면 그가 이러한 사건을 무마하는 조건으로 영전했다고 생각할까?

"그들의 승진 기록과 사건 처리 기록을 비교하면서 정리한 거예요. 국민들이 보면 아마 열 좀 받을걸요, 호호호."

손채림은 상자를 테이블 가운데로 밀면서 미소 지었다.

"살인자를 은닉해 주는 조건으로 영전이라……."

아마 국민들은 제대로 뚜껑 열릴 것이다.

"이거 아주 그냥 제대로 불타겠는데?"

“이 자료가 사실인가요?”

“이 자료에 따르면 학교 폭력 사건을 은폐하고 위계에 의한 살인 사건을 단순 협박으로 처리한 사람들만 영전했는데요!”

“검찰은 이러한 사실을 어떻게 생각하고 있습니까?”

“에…….”

검찰 홍보실의 직원은 진땀을 뻘뻘 흘리고 있었다.

‘염병, 이건 어디서 새어 나간 거야?’

도대체 검찰의 승진 기록이 어떻게 새어 나갔는지 알 수가 없었다.

사실 승진 기록은 딱히 비밀도 아니지만, 문제는 수치였다.

“여기 보면 피고인이 일진회를 조직하고 그들과 함께 자기 동급생을 협박하고 폭행한 사건을 특수 폭행 및 범죄 조직 구성으로 공소한 검사는 지방으로 발령받았는데요, 비슷한 사건인데 쌍방 폭행으로 처벌한 검사는 이번에 승진해서 도시로 영전했네요. 이게 어떻게 된 거죠?”

“그건…… 때가 되어서 자연스럽게 승진한 겁니다.”

“지금 말한 두 명의 검사는 동기입니다만?”

“…….”

홍보처 직원은 할 말을 잃어버렸다.

“기록을 비교했을 때 어느 쪽이 더 열정적으로 일했는지 누가 봐도 알 수 있는데 정작 그런 사람은 좌천시켰습니다. 은폐 명령을 따르지 않은 보복인가요?"

"아니요. 그럴 리 없습니다."

"하지만 이 이상한 승진은 어떻게 된 거죠?"

"자세한 발표는 추후 조사 후에 하겠습니다."

그는 어떻게 해서든 사건을 수습하러 나왔다가 결국 혹만 얻고 사무실로 돌아갈 수밖에 없었다.

홍보처 직원들은 그런 그를 보며 걱정스러운 얼굴로 물었다.

"뭐랍니까?"

"와, 이걸 어떻게 실드를 치라고. 미치겠네."

사건을 무마한 사람들은 승진을, 반대로 국민들이 보기에 사건을 제대로 처리한 사람들은 좌천을 당했다.

홍보처 직원이라고 해서 모든 직원에 대한 정보를 다 가진 건 아니다. 그러니 이게 약간의 반골 기질의 문제라고는 전혀 생각하지 못했다.

그들도 언론에서 물고 온 자료만 받아 온 상황이니까.

"이거 지방청에 확인해 보고, 왜 이런 게 나왔는지 답변 좀 해 달라고 해."

"안 그래도 아까 대답이 왔습니다. 규정대로 한 거라는데요."

"씨발, 그놈의 규정."

규정대로 하기는 했다.

하지만 인사고과는 사람이 매기는 것이다. 그리고 철저하게 가해자 편을 들어 준 사람들의 인사고과가 높다.

당연하다. 그런 성향의 검사들은 윗사람들에게 절대로 저항하지 않으니까.

상명하복이 강한 검사들이 반골 기질을 승진시킬 리 없다.

"헉! 과장님, 큰일 났습니다!"

"또 뭔데?"

"피해자들이 모여서 검사들을 업무상 배임으로 고발했습니다. 그리고 해당 처리 지침에 대해선 헌법 소원을 내고, 검찰에 민사소송을 청구했습니다."

과장은 순간 등골이 오싹해지면서 한 줄기 땀이 이마에서 흘러내리는 것을 느꼈다.

"그게 무슨 소리야?"

"이거 보세요!"

속보로 뜬 뉴스.

그걸 보고 과장은 울고 싶어졌다.

사건을 은폐한 검사들에 대한 형사 고발 및 손해배상 청구 소송 그리고 검찰의 처리 지침에 대한 헌법 소원이 들어간다는 소식.

그 이야기는 무서운 속도로 기자들에게 퍼지고 있었다.

거기에다 인터넷 역시 장난 아니었다.

―와. 씨발. 검찰 썩었다. 살인자 풀어 주는 클래스.

─어쩐지 학폭이 제대로 처벌이 안 되더라.

─이런 걸 검찰이라고 믿고 살았나?

─윗님이 병신이네. 세상에 믿을 게 없어서 검찰을 믿나?

안 그래도 검찰의 이미지는 개판이다.

그런데 이제는 아예 대놓고 범죄를 은폐하는 조직으로 비치고 있었다.

"아…… 미치겠네……."

과장은 아무래도 이번 일이 작은 피바람으로 끝나지 않을 거라는 걸 느끼고 있었다.

⚖

"끝내준다."

손채림은 인터넷을 뒤지고 있었다.

그런데 그녀가 찾아내고 있는 것은 기사나 검찰의 기록이 아니었다.

"이 새끼들은 아예 개념이 없네."

"반성은 기본적으로 처벌이 전제되어야 해. 인간은 처벌이 없으면 반성도 하지 않거든."

"그래도 그렇지, 이건 너무한데?"

그녀가 지금 찾고 있는 것은 그동안 알려진 가해자들의 행적이었다.

학폭으로 아이를 죽이거나 자살시켰던 녀석들의 인터넷 기록을 뒤지면 현재 그들이 사는 방식을 알 수 있기 때문이다.

"이게 세 번째 불쏘시개가 될 거야."

"검찰이랑 법원이 홀랑 타 버리겠는데?"

아니나 다를까, 노형진의 말대로 그들은 검찰이 제대로 처리하지 않아서 처벌을 면한 후 아무런 반성도 없이 살고 있었다.

"물론 반성하는 놈들이 아예 없는 건 아닌데……."

"그런 놈들은 드물지."

"솔직히 그러네."

그렇게 반성할 줄 아는 놈들은 그나마 사고를 덜 친 놈들이다.

진짜로 사고를 크게 친 놈들은 여자 친구랑 여행 간다, 룸살롱에 가서 여자를 끼고 논다, 나이트 가서 술 취한 여자 따먹었다 등등의 더러운 글을 인터넷에 싸지르면서 당당하게 살고 있었다.

"검사들이 진짜 멍청한 건가? 어떻게 이런 걸 모르지?"

"당사자가 아니니까."

그냥 눈앞에서 굽실거리고 반성하면 반성했다고 생각하고 풀어 주는 것이다.

"원래 판사와 검사가 제일 조심해야 하는 것이 바로 절대자적 자비야."

"절대자적 자비?"

"그래. 일종의 심리학적인 문제야."

판사와 검사는 그 재판에 들어오는 당사자들에게는 절대적 능력을 가지고 있다.

당연히 피해자고 가해자고, 그들에게 굽실거리면서 어떻게 해서든 잘 보이려고 한다.

"문제는 피해자는 억울함을 이야기하는 반면 가해자는 반성이라는 가면을 쓴다는 거지."

피해자의 억울함은 복구할 수 없는 피해다.

그에 반해 가해자의 인생은 아직 많이 남아 있다.

"그래서 검사나 판사는 절대자적 입장에서 자비를 베풀어야 한다고 생각하는 경우가 많아."

"엄밀하게 말하면 절대자도 아니잖아?"

"그래. 사실 하나의 직업적 정신병으로 봐도 될걸."

그렇다 보니 피해자의 억울함은 들리지 않고 가해자의 반성만 눈에 들어온다.

더군다나 형사는 철저하게 피해자가 배제되는 방식의 재판. 그러니 재판을 할 때 오로지 가해자의 의견만 반영되는 경우가 많다.

"물론 검사가 그 피해자를 대신하도록 되어 있기는 한데, 너도 알다시피 아무리 대신한다고 해도 그 감정을 어떻게 전달해?"

"그건 그렇지. 아무리 대신하려고 해도 못 하지."

사실 검사가 피해자를 대신하는 이유는 간단하다.

권력 같은 문제가 아니라, 진짜 피해자라면 가해자에게 무지막지한 형량을 때릴 테니까.

자기 딸이 강간당하고 자기 전 재산을 사기당하고 자기 아들이 죽었는데 3년 형이나 4년 형을 때릴 사람은 없다.

확실히 그렇게 되면 과도한 처벌이 진행된다.

"문제는 직업이 되면 사람이라는 데 무뎌진다는 거야."

검사 중에 피해자를 불러서 말을 들어 보는 사람은 많지 않다. 설사 그런다 해도 한정된 이야기만을 들을 뿐이다.

그에 반해 가해자는 수차례 만나서 조사하고 변호사가 그에 대한 변론을 한다.

그리고 수십수백 장의 탄원서가 올라온다.

정작 그를 처벌해 달라는 건 많아 봐야 열 장 수준.

"아…… 구조적인 문제구나."

"그래."

철저하게 가해자 중심으로 되어 있는 조사 시스템.

물론 이게 피의자가 억울한 경우는 상당히 도움이 되지만, 피의자가 진짜 범인인 경우에도 상대적으로 검사를 속이기 쉬워진다.

"전에 재미있는 실험이 있었지."

"실험?"

"그래. 기네스북에 도전한다고 하고 사람들을 모아서 차량에 태우는 실험이었어."

확실히 기네스북에는 차량에 얼마나 많은 사람이 들어가는지 따지는 기록도 있다. 바로 그걸 이용한 실험이었다.

"사람들은 그게 기네스 기록 갱신인 줄 알고 모여서 차량에 탑승했지."

그래서 첫 번째 들어간 사람들의 숫자는 스물여덟 명.

"그리고 30분간 자유 시간을 주고 그 후에 다시 탑승을 시도했어. 이번에는 몇 명이나 들어갔을까?"

"똑같이 들어가지 않아? 30분 사이에 체구가 바뀌지는 않았을 거 아냐?"

"땡. 이번에는 스물세 명밖에 들어가지 못했어."

"어? 어째서?"

"감정의 문제지."

"감정?"

"그래."

그 짧은 30분이라는 쉬는 시간 동안 상대방과 이야기하면서 사람들의 마음속에서는 아주 미세한 감정적 동조가 일어났다.

그래서 다시 차량에 들어갔을 때 처음에 아예 모르는 사람에게 그랬던 것처럼 찍어 누르지 못했던 것이다.

"고작 30분이야. 그 30분으로 그 정도 차이가 나는데, 검사라는 인간들은 사건 진행 내내 가해자와 이야기하고 변호사와 이야기를 나눠."

"무슨 뜻인지 알겠다."

거기에다 사회적으로 무슨 벼슬처럼 여겨지는 '어리다.'라는 핑계와 '학생이다.'라는 핑계가 붙어 버리니 제대로 처벌이 안 되는 것이다.

"웃긴 일이지."

노형진은 피식 웃었다.

"거기에다가 처리 지침으로 미성년자랑 학생은 처벌을 약하게 하라고 했으니 제대로 처벌이 진행될 리 없지. 완전 고기 뷔페 같은 실수지."

"고기 뷔페?"

"너 고기 뷔페에 가서 얼마나 먹어?"

"어……."

손채림은 잠깐 고민했다.

"많아 봐야 두 접시?"

이것저것 먹고 싶은 걸 한데 담아 오고 나면 끝이다. 그 이후에는 먹고 싶어도 배에서 받아 주지 않는다.

"그러면 학교 때는?"

"학교? 대학교?"

"중고등학교 때."

"그때는……."

잠깐 고민하던 손채림은 바로 노형진이 뭘 이야기하는지 알아차렸다.

"보통은 두 접시? 많아도 세 접시?"

"그렇지?"

중고등학생이면 한창 먹을 때다. 진짜 어른보다 오히려 더 먹는 시기가 바로 그때다.

하지만 정작 뷔페에서는 학생 할인을 한다.

"뭐, 학생이니까 돈이 없어서 그런다는 개념도 있기는 하지만."

하지만 '학생이니까 얼마 안 먹겠지.'라고 생각해서 그러는 사람들도 적지 않다.

그러나 현실은 전혀 다르다. 어른의 배 이상을 먹으면 모를까, 절대로 적게 먹지는 않는다.

"같은 실수인 거야."

애들이 해 봐야 얼마나 큰 잘못을 하겠느냐. 애들인데, 잘못한 거 정도야 그냥 선처해도 되지 않느냐.

대한민국 전반에 깔려 있는 잘못된 관념.

하지만 요즘 애들은 발달이 빠른 데 반해 인성 교육이 되어 있지 않아 어른보다 더 강력한 범죄를 저지르는 경우도 많다.

"뭐, 이해는 하겠어. 그러면 이제는 어쩔 거야?"

지금 가해자들이 뻔뻔하게 잘 살고 있다는 것을 인터넷에 퍼트리면 사람들의 공분을 살 것이다.

아마 욕을 바가지로 처먹겠지.

"그다음에는……."

노형진은 씩 웃었다.

"무릎을 꿇게 만들어야지."

"와, 이 쌍놈의 새끼들 봐라."

"그러게. 사람 죽여 놓고 이렇게 뻔뻔하게 살고 있나?"

"헐, 사람을 죽였는데 경찰이래, 경찰."

"미친 새끼."

인터넷에서는 가해자들의 신상이 정리되어 떠돌기 시작했다.

과거에는 쉬쉬하면서 사건을 덮었을지 모르지만, 그 당시에 사건을 담당했던 검사와 판사의 신상까지 정리된 파일이 인터넷상에 '가해자 목록'이라는 이름으로 떠돌고 있었다.

"가해자가 다섯 명인데 두 놈은 경찰이고 한 놈은 공무원이야? 그것도 복지란다. 얼씨구? 한 놈은 교도관이네."

"범죄자가 범죄자를 교화한다? 멋지네, 진짜."

"이거 봐라. 야, 그 사건 처리한 인간들 봐라. 검사도 영전, 판사도 영전이다."

"썅, 개자식들. 그거 무마하고 바로 영전했네."

물론 그들의 입장에서는 때가 되어서 승진한 것이겠지만, 사람들은 그렇게 보아 주지 않았다.

더군다나 목록에는 '영전'이라고 떡하니 박혀 있었으니까.

"이거 단톡에 올리자."

"그럴까? 문제 안 되려나? 검찰이랑 그놈들이, 올리면 고소한다잖아."

"씨발, 도둑이 제 발 저려서 그런 거야."

"그렇겠지. 지들이 어쩔 거야? 단톡방을 뒤질 거야, 뭐야?"

한 명 두 명 목록을 올리자 순식간에 인터넷으로 퍼져 나갔다.

물론 이게 완전히 허무맹랑한 사건이라면 아마 순식간에 사라졌을 것이다.

문제는 그렇지 않다는 것.

"이게 어떻게 된 겁니까?"

검찰의 감사 팀은 부장검사를 노려보면서 무섭게 말했다.

"새벽 2시에 세 명이 한 사람을 패서 영구 장애를 남겼는데 이걸 단순 폭행으로 처벌해요?"

"그게, 가해자들이 나이도 어리고……."

새벽 3시에 술에 취한 일진들이 지나가던 학생에게서 돈을 빼앗기 위해 폭행한 끝에 영구 장애를 남긴 사건.

그 사건이 수면 위로 드러나자 중앙에서도 심각하게 받아들일 수밖에 없었다.

"나이가 어린 게 중요한 게 아니라 범죄 자체를 제대로 봐야지요! 특수 폭행! 가중처벌법 위반! 그런데 결론은 단순 폭행? 그나마도 기소유예?"

"감찰관님, 저희도 이유가⋯⋯."

"그 이유가 도대체 뭡니까?"

부장검사는 눈을 데굴데굴 굴렸다.

감찰관은 그의 눈을 보면서 피식 웃었다.

"그렇지요. 말 못 하겠지요. 이유야 뻔하니까."

가해자 중 두 명이 시의원의 아들이었다. 그리고 나머지 한 명은 지역 유지의 아들.

그에 반해 피해자는 아무것도 없는 가난한 집안의 아들이었다. 제대로 변호사도 사지 못하는 그런 집안 말이다.

"이게 뉴스에 나가고, 우리가 얼마나 가루가 되도록 까이고 있는지 알아요?"

그냥 타성에 젖어서 학생이라고 봐준 게 대부분이기는 하지만, 실제로 뇌물과 부모의 힘 때문에 은폐하고 무마한 사건들도 존재했다.

인터넷에는 그런 사건들 위주로 소문이 퍼지고 있어서, 네티즌들에게는 대부분의 사건들이 이런 식으로 뇌물을 받거나 하여 은폐된 걸로 보였다.

사실 노형진이 노린 것도 바로 그거였고.

그래서 사건을 나열할 때도 부모가 힘이 있는 순서대로 했다.
사람들은 위의 몇 개만 보지 아래쪽에 있는 건 잘 안 보니까.

"내일부터 출근하지 마세요."

"네?"

"이 사건, 처음부터 다시 수사합니다. 조사랑 징계 확정될
때까지 근신하세요."

부장검사는 입을 쩍 벌렸다.

⚖

"검사들, 난리가 났더군."

"그렇지요?"

노형진은 피식 웃었다.

"그래, 조사에 사건 재수사에 징계에."

"그럴 겁니다."

이런 사건을 담당하는 사람들은 고위 검사가 아니다.

'고작' 학교 폭력이라고 생각하는 검찰이니, 이런 사건을
고위 검사가 담당할 리가 없다.

당연히 검찰에서는 딱히 그들을 보호하려고 하지도 않았다.

"이런 상황에서 검찰이 할 수 있는 것은 하나뿐이지요."

자신들이 그런 조직이 아니라는 것을 증명하기 위해서는
관련자들을 조사하고 처벌해야 한다.

만일 철저하게 무시하고 처리 지침을 지키려고 한다면 국민들 눈에는 대놓고 살인자들을 지키겠다는 뜻으로밖에 보이지 않을 테니까.

"더군다나 아래 일반 검사들을 굳이 애써서 보호할 이유도 없구요."

"뭐, 좀 잠잠해지면 감봉 정도로 끝나겠지만."

"상관없습니다. 우리 목적은 그들의 퇴출이 아니니까요."

자신들의 목적은 그들의 잘못된 처리 지침을 없애는 것.

"이런 상황에서도 검사들이 처리 지침을 지키지는 못할 겁니다."

"아, 그러고 보니 그 소식 들었나?"

"어떤 소식요?"

"그 처리 지침 말이야, 없앤다고 하더군."

"역시나 그렇군요."

살인자 보호 집단이라는 욕을 먹게 만들고 수십 명의 검사가 조사받게 만든 처리 지침.

거기에다 헌법 소원까지 걸렸다.

어차피 재판을 끝까지 가면 이길 수 없을 게 뻔한데 그걸 지키려고 하지는 않을 것이다.

"자네 계획대로군."

"네, 후후후."

이미 해당 사건의 검사와는 이야기가 끝났다.

그를 속박하던 처리 지침이 사라지면 그는 가해자들을 위계에 의한 살인으로 고발할 것이다.

'훈방된다면서 낄낄거리던 놈들 얼굴이 참 볼만하겠는데?'

사건은 사실상 끝난 것이나 다름없다.

"아마 이번 사건으로 인해 학교 폭력에 대한 무조건적인 선처 분위기는 많이 없어질 걸세."

"없어져야지요. 진짜 학생이 벼슬도 아니고."

"그러게 말이야. 아니, 진짜 이해할 수 있는 범죄는 죄다 가중처벌 하면서 왜 학교 폭력은 그딴 식인지."

송정한은 고개를 흔들었다.

"하여간 고생했네."

"별말씀을요."

일단 해당 처리 지침이 사라졌으니 헌법 소원은 기각될 것이다.

그러면 자신들도 할 일은 없다.

아직 민사가 남아 있긴 하지만 말이다.

'업무상 배임이야, 뭐……'

검사들을 고발하기는 했지만 사실 업무상 배임은 되지 않는다.

그때는 명백하게 처리 지침이 있었던 당시니까.

설사 뇌물을 받고 선처한 게 확실하다고 해도, 검찰이 왜 고인물이고 썩은 물인지는 국민들이 다 알고 있다.

분명히 안쪽으로 팔이 굽을 것이다.

'미래가 좀 나아진 점에 대해 생각해야지 어쩌겠어.'

이제 최소한 학교 폭력에 한해서는 학생이라고, 어리다고 무조건 선처하는 황당한 문화는 사라질 것이다.

"큰일 했다."

기분 좋은 미소를 지으면서 노형진은 사무실로 향했다.

그런데 사무실에 도착하니 손채림이 뭔가 심각한 표정으로 모니터를 보고 있었다.

"왜 그래?"

"아니, 심각한 이야기가 나와서."

"무슨 이야기?"

"이거 들어 볼래?"

손채림은 끼고 있던 이어폰을 빼서 노형진에게 건넸다.

그러자 그 너머에서 들리는 목소리.

-김 검사, 이번 일은 잘 부탁해도 되는 거지?

-그럼요. 회장님. 이번 일은 제가 다 알아서 준비해 놨습니다.

-그래, 내가 김 검사만 믿어요. 거 학교에서 애들끼리 싸운 걸 가지고 비렁뱅이 새끼들이 돈이라도 한 푼 뜯어내겠다고.

-그럼요. 자기 주제도 모르는 개돼지들이 욕심만 부리는 거죠. 걱정하지 마세요. 손자분은 처벌받지 않고 풀려나실 겁니다.

-그래. 자, 자, 듭시다. 아, 그리고 이건 내 약소한 성의니까 그렇

게 알고 받아 두고.

　─아니, 뭘 이렇게 많이……．

　─허허, 우리끼리 뭘. 저 개돼지들한테 주느니 서로 도움이 되는 사람끼리 나눠야지.

　─지당하신 말씀이십니다. 제가 지검장님에게 잘 말씀드리겠습니다.

　─내 김 검사만 믿네. 하하하. 지검장님께는 내 근시일 내에 인사드리러 간다고 일러두시고.

　─네, 알겠습니다.

　딱 거기까지 녹음되어 있는 음성.

　그걸 들은 손채림은 심각한 얼굴이었다.

　"이게 무슨 일이라니? 인터넷에 이게 터졌어. 누가 터트렸는지는 모르지만."

　"쫙 퍼졌나 보지?"

　"응, 완전히 쫙 퍼졌지. 지금 검찰들 난리가 났어. 기자들도 막 게거품 물고 있고."

　의심과 확증은 다르다.

　녹음된 내용을 들어 보면 누가 봐도 학교 폭력 사건이다.

　그런데 김 검사라는 인간과 회장이라는 인간은, 뇌물을 주고받고 사건을 덮자는 이야기를 하고 있다. 심지어 그 건에 관해서 지검장까지 끼어 있으니.

　"어떤 사건일까?"

"글쎄…… 너무 많아서, 알겠어?"

"그러니까 문제다. 언제 적 사건인지 어디서 벌어진 사건인지 알 수가 없어. 더군다나 여기에 등장한 사람들도 이름이 없어. 회장님이니 김 검사니 지검장님이니…… 특정할 수 있는 게 하나도 없으니 이거야 원, 수사를 한다고 해도 잡을 수 있을 리가……."

손채림은 그렇게 말하면서 고개를 돌리다가 흠칫했다.

노형진이 마치 안다는 듯 실실 웃고 있었기 때문이다.

"그렇지. 이걸 가지고는 못 잡겠지. 암, 못 잡고말고."

손채림은 그 모습이 참 이상하다고 생각했다.

대화 당사자를 특정할 수 있는 뭔가가 전혀 없는 녹음 내역.

거기에다 무척이나 짧다. 그 이후의 상황이 전혀 나오지 않은 녹음이라니.

보통 식사하면서 무슨 이야기든 더 하기 마련인 것 아닌가?

물론 그런 부분은 빼고 인터넷에 뿌렸을 수도 있지만…….

"검찰이 수사야 하겠지만 김 검사가 뭐 한두 명도 아니고, 또 언제 적 김 검사겠어?"

"그렇겠지?"

"뭐, 그걸 모르니 누구 목소리인지도 모를 테고. 이건 못 잡아."

어깨를 으쓱하면서 씩 웃는 노형진을 바라보던 손채림은 일어나서 그를 데리고 사람이 없는 휴게실로 향했다.

그리고 옆구리를 쿡쿡 찌르며 추궁했다.

"너 사실대로 말 안 해?"

"뭐를?"

"전에 네가 뭐라고 했지?"

분명히 무릎을 꿇게 만든다고 했다.

그런데 정작 아무런 행동도 하지 않았다.

물론 사건 자체야 이기고 정식으로 살인으로 넘어가겠지만, 딱히 검찰이 졌다고 보기에는 애매하다.

하지만.

"이거 검찰에서 꽤 오랫동안 수사한다고 난리 칠 텐데."

"그럴 거야. 뭐 어쩌겠어, 증거가 나왔는데."

그러나 증거는 있지만 누가 녹음한 건지 어디서 나온 건지 알 수가 없다. 등장인물이 누군지도 모르고.

"이런 경우는 끈질기게 조사한다 해도 결국 당사자가 없다고 나오겠지."

"그렇겠네."

바로 알아들은 손채림은 싱글거리면서 웃었다.

"뭐, 검찰이 팔이 안으로 굽는 거야 하루 이틀도 아니고."

당연히 국민들은 검찰이 누군지 알면서도 은폐한다고 생각할 것이다.

다른 사람도 아니고 지검장급이 사건에 끼어든 정도라면 이만저만 큰일이 아닐 테니까.

"다른 사건들을 덮고 싶어도 뭐, 쉽지는 않겠네."

검찰은 분명히 이번 사건을 덮으려고 할 것이다.

물론 학교 폭력을 재수사해서 그들을 처벌하는 것은 피할 수 없겠지만, 그 와중에 청탁이나 뇌물을 받은 검사들은 처리 지침에 따른 것뿐이라는 미명하에 흐지부지 끝날 게 뻔했다.

"하지만 뭐, 이런 확실한 증거가 있으니 이제 그것도 쉽지 않겠네."

어떤 결과가 나오든 국민들은 자신들은 죄가 없다는 그들의 변명을 믿지 않을 테고…….

"감시는 계속되겠지."

아마도 당분간은, 다른 건 몰라도 학교 폭력에 대해서는 선처한다는 개소리는 하지 못할 것이다.

"이야, 누가 뿌렸는지 모를 녹음 내용이 아주 제대로 엿을 먹이네."

"그러네, 후후후."

손채림은 이 녹음을 뿌린 게 노형진이라는 것을 대충 예상했다.

하지만 더 묻지 않았다. 어차피 이런 사건은 추적해 봐야 아무것도 안 나오고 흐지부지될 테니까.

"검찰만 불쌍하네, 호호호."

"그러게 말이야, 후후후."

결국 검찰은 자신들의 죄를 스스로 해결하는 수밖에 없었다.

보이는 것이 다는 아니다

"판사님, 잘못했어요! 엉엉엉."

"다시는 안 그럴게요, 엉엉엉."

"한 번만 바꿔 주세요, 엉엉."

"안 돼! 못 바꿔 줘! 돌아가!"

판사의 호통 소리에 가해자들은 눈물을 흘리면서 두 손을 싹싹 빌었다.

원래는 소년 법정으로 가서 가벼운 처벌이나 받겠지 쉽게 생각하던 그들은, 검찰이 정식으로 살인으로 기소하자 일반 법정에 서게 되었다.

그리고 일반 법정은 그들의 위계에 의한 살인을 인정했다.

증거는 넘쳐 났으니까.

"경위! 피고인들을 바로 체포해서 구치소로 넘기세요. 법정 구속합니다."

"네!"

경위들이 들어와서 울고불고 매달리는 가해자들을 질질 끌며 바깥으로 나갔다.

"아이고, 우리 아들! 아이고, 우리 아들!"

부모들이 눈물을 흘리고 매달리고 지랄 발광을 했지만 이미 판결은 떨어졌고, 그들의 행동은 이미 용서할 수 있는 수준을 넘었다.

"아악! 엄마! 살려 줘! 살려 줘! 아악!"

"제발 한 번만 봐주세요! 다시는 안 그럴게요!"

"집에 가고 싶어! 아악!"

소리를 지르며 끌려가는 그들을 보면서 방청석에 앉아 있던 기자들은 혀를 끌끌 찼다.

그리고 노형진 역시 그걸 보면서 혀를 끌끌 찼다.

"자업자득이다."

"그러니까."

애초에 그들이 반성하고 사죄만 했다면 합의가 이루어졌을지도 모른다. 하지만 그들은 그걸 철저하게 무시했다.

심지어 피해자의 어머니가 시한부 인생이라는 걸 알고는, 조금만 버티면 어차피 뒈질 테니 사건은 무마될 거라며 뒤에서 낄낄거렸다.

하지만 결론은 꽉꽉 눌러서 10년.

"검찰로서는 당연한 일이지."

노형진은 자리에서 일어나면서 피식거렸다.

"첫 타깃이다 이거네."

"그렇지."

살인과 학교 폭력 무마 조직이라는 황당한 소리를 듣는 검찰.

그들은 명예를 회복하기 위해 원인이 되는 시스템을 고치려고 달려들었는데, 그 첫 번째가 바로 이번 사건이었다.

기자들은 지대한 관심을 보일 수밖에 없었고, 검찰로서는 사력을 다해 그들을 기소해야 했다.

"판사들도 마찬가지고."

검사들이 타깃이 되어서 신나게 씹혔지만, 사실 터무니없는 처벌을 내린 것은 판사도 마찬가지였다.

검사가 말도 안 되는 공소를 걸어도 그냥 받아들이거나 도리어 그보다 더 낮은 형을 선고하던 게 판사니까.

"여기서 검사의 공소를 씹으면 살인자 보호 집단이라는 타이틀은 판사에게 넘어갈 테니."

나중에야 또 모르지만 이번 사건에 한해서는 엄중한 처벌을 내릴 수밖에 없었다.

"제발 이제 학교 폭력이 없어졌으면 좋겠다."

"나도 그러면 좋겠다마는……."

문제는 이게 그런다고 해서 없어지는 게 아니라는 거다.

지금이야 강력한 처벌이 두려워 잠시 조용해지겠지만 시간이 지나면 또 슬금슬금 기어 나올 게 뻔했다.

"원래 법이라는 게 그런 거잖아. 영원한 악과의 싸움."

"그렇지."

완전한 승자는 없는, 영원한 전쟁.

그런 게 아마 법일 것이다.

"그나저나 이번 사건은 재판이 아니라면서?"

손채림은 차로 가면서 서류를 노형진에게 건넸다.

"재판은 아니야. 하지만 심각한 문제이기는 하지."

"어디 보자…… 사기?"

"그래."

"이미 형량도 마쳤고 민사도 끝났는데……."

그런데 돈을 받지 못하고 있는 사기 피해자들이 환수를 요청한 것이다.

"형량이 이게 뭐야? 1년 3개월에 집행유예 3년? 피해액이 30억이 넘는데? 골 때리네."

이 정도의 금액이 고작 1년 3개월밖에 안 나올 리 없다.

더군다나 집행유예 3년이라니?

"이건 대놓고 처리 지침을 어긴 건데?"

다른 사건과 마찬가지로 사기에 대해서도 처리 지침이 있다.

그런데 피해액이 30억이나 된다면 아무리 빌고 빌어도 1년 3개월은 절대 나올 수가 없다.

더군다나 집행유예, 그건 말도 안 되는 개소리나 마찬가지.

"그 돈을 돌려받고 싶어 하는 의뢰인들이야."

"흠……."

오늘 재판을 보러 여기까지 오기는 했지만 그렇다고 사건이 없는 것은 아니다.

그러니 계속 확인은 해야 한다.

하지만 이런 사건은 답이 정해져 있다.

"보아하니 위에 무슨 선이 있겠구먼."

"그렇지."

그런 자들이라면 충분히 이런 터무니없는 형량이 가능하다.

사람들은 잘 모르지만 사실 사기꾼들이 정치인들과 결탁하는 경우가 종종 있다.

큰 사기를 친 후에, 사기금 일부를 주는 대신 정치인이 그의 안전을 책임지는 식이다.

"피해액을 보니 그런 식인 듯하네."

"맞아."

물론 그 정치인이 누군지는 알 수 없다.

현금으로 지급되었을 테고, 정치인 역시 은밀하게 청탁을 넣었을 테니까.

'걸리면 보좌관이 한 거라고 하겠지.'

노형진은 고개를 절레절레 흔들었다.

"일본 쪽은 뭐래?"

일본의 야쿠자와 결탁해서 만든 인력 소개 회사.

이런 경우를 대비해서 만든 곳으로, 사기를 치고 돈을 돌려주지 않는 놈들을 강제로 끌어다가 일을 시킨다.

피해자들은 원금만 받고, 이자나 추가적인 임금은 야쿠자들이 받는 형태.

"이 녀석은 무리래."

"그래?"

"그래, 경찰의 비호를 받고 있다고."

"으음……."

안종택이라고 적혀 있는 가해자의 이름을 보면서 노형진은 입맛을 다셨다.

"그들도 손쓰기 힘들단 말이지."

"어찌 되었건 범죄 조직이잖아."

"그렇지."

사기꾼들이 수천만 원에서 수십억을 사기 친 후에 떳떳한 일을 하면서 당당하게 살 리는 없다.

당연히 야쿠자는 납치나 협박 등의 반강제적 방식을 동원한다.

그러면 사기꾼은 돈이 있어도 못 쓰고 고통받는다.

그게 노형진이 만든 회수 시스템의 핵심.

"하지만 야쿠자라고 해도 경찰의 비호를 받는 사람을 건드리는 건 무리지."

납치해서 죽여 버리는 것도 아니고 일을 시키려고 하는 이상, 눈에 띄는 불법행위를 저지르는 데에는 한계가 있다.

다른 사람들이야 겁먹고 알아서 긴다고 하지만, 경찰이나 정치권의 비호를 받는 자라면 그 정도 협박에 넘어가지 않는다.

"그 돈은 어디에 있는 거야?"

"이혼한 마누라."

"이혼한 마누라?"

"그래."

"흔한 방식이네."

이혼을 하면 법적으로 남남이다.

그래서 사기꾼들이 가장 많이 쓰는 방식이 이혼하고 나서 나는 돈이 없다고 배 째라고 하는 것이다.

"흠……."

노형진은 조수석에 앉아서 기록을 보기 시작했다.

전형적인 사기 사건이다. 그리고 신고 이후에 재판.

그다지 어려운 사건도 아니었고, 형사사건 1심에서 승리, 2심에서도 승리, 안종택이 3심은 포기해서 그대로 확정.

"이미 돈은 빼돌렸다 이거군."

"그렇지."

손채림은 운전석에 앉아 차에 시동을 걸고 액셀을 밟으며 고개를 끄덕였다.

"이혼한 아내는?"

"따로 살아."

"따로?"

"응."

"뭐, 그렇겠지."

예상했던 일이다. 같이 살면 모를 수는 없으니까.

"강제로 일을 시키기에는 그 백이 너무 든든하다 이거고……."

당연히 다른 사람들 입장에서는 억울할 수밖에 없다.

"원래 인력 소개소 쪽으로 갔던 사건이 이쪽으로 흘러온 거야."

"그래?"

"아무래도 그쪽도 방법이 없으니까."

일을 시키는 것은 일본의 야쿠자지만 접수받는 것은 한국 사람들이다.

그리고 그들에게 미리 이야기해 놨다, 그들로 안되는 일이 있다면 연락해 달라고.

"어디 보자……."

사기를 친 후에 협의이혼, 그러니까 당사자끼리 합의해서 이혼한 것이다.

전 재산을 아내가 가지고 갔는데, 지금은 따로 나가서 살고 있다.

현재 남편이 사는 곳은 서울이지만 아내가 사는 곳은 경기도.

"어떻게 생각해?"

"내가 전에 이런 일 해결하는 방법 보여 주지 않았나?"

"보여 줬지. 하지만 이빨도 안 들어가."

애초에 새론은 노형진이 해결 방법을 시스템화하고, 그걸 이용해서 효율적으로 사건을 해결하는 방식을 취하고 있다.

그리고 노형진이 기억하기로는 분명 이런 방식의 사기를 해결하는 방법을 알려 준 적이 있었다.

"그때는 서로의 의심을 부추겼잖아."

"그렇지."

이혼한다는 것. 법적으로 완전히 남남이 된다는 것.

그건 사기를 친 당사자는 그 돈을 전혀 건드리지 못하게 된다는 뜻이다.

그래서 노형진은 부부 사이에 의심을 싹틔웠다.

당연히 가해자인 사기꾼은 아내가 돈을 가지고 도망간다고 생각해서 돈 내놓으라고 싸움을 걸었고, 그걸로 그 돈이 사기당한 돈이라는 것을 증명했다.

"하지만 서로 믿음이 무척이나 강해."

"믿음이 강하다?"

노형진은 눈을 찌푸렸다.

단순히 그런 걸까?

물론 부부끼리 믿음이 강한 경우가 없는 것은 아니다.

'하지만 실제로는 그렇지 않을 텐데?'

돼지 눈에는 돼지가 보이고, 부처 눈에는 부처가 보인다고 했다.

사기꾼은 남을 사기 치면서 살아가는 놈이다. 그런데 그런 놈이 자신의 아내를 철석같이 믿는다?

'그런 타입이 아니지.'

물론 정말로 그럴 수도 있겠지만.

"그래서, 방법을 좀 써 보니 어땠는데?"

"여자는 아예 관심도 없어. 남자는 관심을 보이는데, 어차 피 돈은 여자한테 있는데 남자가 관심을 보여 봐야 무슨 의 미가 있어?"

"사진으로 살짝 흔들어 보이는 건?"

"전혀."

적절하게 각도만 잘 맞춰서 찍어 주면 여자가 바람피우는 것처럼 보이게 할 수 있다.

그래서 그런 사진을 찍어서 슬쩍 사기꾼을 흔들어 봤지만 반응도 없었다.

"절대로 배신하지 않을 거라고 생각하나 봐."

"자녀가 있나?"

"응, 딸 한 명."

"양육은?"

"아내가 하고 있어."

"이상한데."

딸이 남편에게 가 있다면 딸 때문에라도 그럴 수 있다지만, 양육은 아내가 한다는 건 딸도 돈도 아내가 다 맡고 있다는 소리다.

"남편은? 돈은 어떻게 쓰고 있어?"

"펑펑 쓰고 있지."

"카드는 안 될 테고."

카드를 쓴다면 자기 통장에서 나가는 건데, 모든 통장이 압류된 상황이다.

그러면 아내의 카드를 쓰는 방법밖에 없는데, 그건 아내와 같이 돈을 쓴다는 뜻이나 마찬가지.

"결국 아내가 현금을 준다는 건데……."

노형진은 턱을 스윽 문질렀다.

말이 안 되는 소리다.

"혹시 그 돈을 다른 곳에 묻어 둔 거 아냐? 전에 그런 일 있었잖아."

돈을 은행 같은 곳에 넣어 두면 아무래도 추적당할 가능성이 높다.

그래서 사기꾼들은 땅에다가 돈을 묻어 두는 방식으로 추적을 피하기도 한다.

전에도 그런 놈을 잡은 적이 있었고.

"그건 아니야. 아내 재산이 확실하게 늘었거든."

그러면 정말 그냥 믿음의 문제인 걸까?

노형진은 손채림의 말에 턱을 문지르면서 말했다.

"형사사건에서 확정되었으니 민사소송을 하면 이길 수는 있겠지만……."

"오래 걸리겠지."

상대방은 최대한 소송을 오래 끌려고 할 테니 3심까지 간다면 아무리 빨라도 5년은 걸릴 것이다. 당연히 그때쯤이면 돈을 충분히 빼돌리고도 남는다.

노형진은 턱을 슬슬 문지르면서 생각에 빠졌다.

'이게 문제라니까.'

준법이니 어쩌니 하지만, 구조적으로 사기를 치거나 금전을 가지고 저지르는 화이트칼라 범죄는 처벌도, 배상도 약하다.

당장 노형진의 방식대로 그 돈을 감출지언정 쓰지는 못하게 한다면 사기꾼들은 사기를 치지 못할 텐데 말이다.

'뭐, 그건 민간 영역이라고 방치해 버리니.'

그렇다고 민간인이 진짜로 그를 강제로 노역시킬 수는 없는 노릇이다.

"어떻게 생각해?"

"내 생각에는 말이지, 아내도 피해자일 것 같은데."

"응?"

노형진의 말에 손채림은 눈을 동그랗게 뜨고 돌아봤다.

그러자 노형진이 황급히 말했다.

"앞을 봐야지, 날 보고 운전하지 말고. 우리 오래오래 살자, 제발."

"아, 쏘리, 쏘리. 그런데 아내도 피해자일 거라니, 그게 무슨 소리야?"

"아니, 상황만 봐서는 아내가 배신해도 하등 이상하지 않아. 그런데 배신하지 않는다는 거잖아. 뭐, 정말 둘 사이에 엄청난 믿음이 있을 수도 있지. 하지만 수십억씩 사기를 치는 놈들이 믿음으로 살아간다는 건 개소리나 마찬가지고……."

"그러면?"

"아내를 믿는 게 아니라, 아내가 배신하지 못한다는 걸 믿는 거 아닐까?"

"아내가 배신하지 못한다는 걸 믿는다?"

"그래."

"흠……."

손채림은 그 말이 이해가 가지 않았다.

부부는 일심동체라고 하지 않았던가? 그런데 남편의 사기 행각에 동참한 아내가, 사기꾼을 배신하지 못한다?

"아내에 대해 조사해 봐. 사기꾼 말고."

"아내에 대해서?"

"그래. 뭔가 있을 거야. 사기꾼을 배신하지 못하는 그런 이유가 말이야."

어쩌면 그 결과에 따라 방식을 바꿔야 할지도 모른다.

"세상에 영원한 믿음이란 없으니까."

노형진은 차량의 바깥으로 흘러가는 시내의 풍경을 보면

서 중얼거렸다.

"양민하. 나이는 42세. 사기꾼 안종택의 아내."

손채림은 노형진의 말대로 아내에 대해 조사했다.

물론 기존에 이루어진 조사 내역이 없는 것은 아니다.

하지만 그때는 단순한 신분 조사였다면, 이번에는 그녀 인생 전반에 대해 조사한 것이다.

"결혼한 지 12년 되었어."

"그러면 서른 살에 결혼했군."

"그래."

"안종택이랑 나이 차이가 좀 있네. 아니, 많네."

안종택의 나이가 현재 60세다. 그러니까 열여덟 살 차이.

"아무리 사랑으로 모든 걸 뛰어넘을 수 있다지만 이건 차이가 좀 심한데?"

결혼할 때 양민하는 서른 살. 요즘 기준으로 보면 딱 결혼 적령기다.

"캬, 미인이네."

노형진은 보고서에 있는 그녀의 사진을 보고 탄성을 내질렀다.

선천적 동안이라고 해야 하나? 분명히 나이가 42세인데

30대 초반 정도로밖에 보이지 않는 외모를 가지고 있었다.

"이게 다 돈의 힘이지."

"엄청 관리했나 봐?"

"그랬겠지."

왠지 마음에 안 든다는 듯 중얼거리는 손채림이었다.

그럴 수밖에 없는 게, 그 돈이 그녀가 열심히 일해서 번 돈이 아닌 것은 뻔한 일이니까.

"딸은 이제 열 살이라……. 애엄마로도 안 보이는데."

"그래. 하여간 현재 경기도 모 도시에 있는 빌라에서 딸과 함께 살고 있어. 돈은 통장에 있고 말이야."

"공식적으로는 이혼했고."

"그래. 그런데 아무리 봐도 이상한 점은 없는데."

문제가 될 만한 것은 전혀 없다. 그야말로 평범한 삶을 살아온 사람이다.

"이럴 때는 사기꾼도 중요하지만 피해자도 중요해. 색안경을 벗고 생각해 보자고."

"응?"

"양민하를 피해자로 가정하고 접근하자는 거야. 너는 지금 양민하를 가해자로 생각하고 접근하고 있잖아."

"가해자가 맞잖아."

"협박을 당해서 범죄를 저지르면 가해자일까, 아니면 피해자일까?"

손채림은 살짝 눈을 찌푸렸다.

그리고 한숨을 쉬면서 천천히 서류를 살폈다.

"그렇다 해도 이상할 게 없는데. 팔자 좋은 여자야. 서른 살에 결혼하고, 자기 관리하면서 편하게 살아왔다고."

"그건 기록상에 있는 이야기지."

노형진은 씩 웃었다.

이미 노형진은 이 서류에서 뭔가 이상한 점을 발견한 후였으니까.

"기록상?"

"그래."

"나이 차이 때문에?"

"그건 아니야. 나이 차는 사랑으로 넘어설 수 있다니까."

"그러면 뭐가 문제인데?"

"남자에게, 그것도 성공한 남자들에게 여자란 뭘까?"

"응?"

"아내나 가해자 중 한 명으로 보지 말고 그 객체 자체를 본다면?"

"성공한 남자들에게 여자의 가치라……."

"힌트는 무척 예쁘다는 거. 이 정도 외모면, 젊어서 아이돌로 데뷔했어도 먹혔을 텐데?"

"확실히, 어릴 때 잠깐 연습생을 했다고 해. 재능이 없어서 그만뒀지만."

과거에 음악 실력보다는 외모로 아이돌을 뽑던 시대가 있었다. 그래서 그녀가 연습생으로 들어갈 수 있었다.

"그렇다면……."

그제야 손채림은 노형진이 뭘 말하는지 알 수 있었다.

전혀 예상하지 못했지만, 사실 생각해 보면 충분히 가능성이 있는 말.

"트로피."

"정답."

성공한 남자들, 특히 성격이 나쁜 남자들일수록 어리고 예쁜 여자들을 자신의 트로피처럼 여기는 경우가 자주 있다.

그런 자들은 여자를 자랑하기 위해 옆에 둔다.

"너는 아까 피부 관리받으면서 사는 팔자 좋은 여자라고 했지?"

"그래."

"하지만 반대라면? 피부 관리를 받을 수밖에 없었다면?"

인생의 트로피를 받은 사람은 그걸 어디 창고에 처박아 두지 않는다.

잘 보이는 곳에 두고 매일같이 닦으면서 뿌듯한 표정으로 바라본다.

"그러면…… 관리받은 게 아니라 관리받을 수밖에 없었던 거구나."

양민하는 안종택의 일종의 트로피.

즉, 그녀의 임무는 자신을 최대한 관리하여 그가 자랑스워할 수 있게 하는 것.

"우엑…… 구역질 나."

"현실은 그렇지."

"어떻게 안 거야?"

"뭐…… 경험이지."

한국에서야 이런 다차원적 문제에 대해 그리 신경 쓰지 않는다.

사기꾼의 아내는 사기꾼일 뿐이라고 매도한다.

아니면 아예 신경을 쓰지 않거나.

'하지만 미국에서 보면 그런 것도 아니지.'

범죄자의 아내나 가족 또한 피해자인 경우가 많다.

특히나 아내의 경우는 더더욱 그렇다.

다른 가족은 혈연으로 연결되어 있지만 아내는 외부에서 들어온 존재니까.

"피해자로서 관리당해야 했고 또 그렇게 평생을 살아왔다고 가정하면, 그다음은 왜 그럴까가 문제가 되겠지."

"협박……이겠네."

피해자라고 가정하고 움직이자 그림이 그려진다.

협박. 이런 상황에서조차 결코 벗어날 수 없다는 절망.

"생각을 해 봐. 수십억을 사기 친 놈이야. 그 돈으로 정치권에 로비해서 처벌도 면했지. 아내와 딸은 돈을 가지고 이혼했어. 그런데 빌라에 살겠어?"

"아……."

일반적인 심리로 생각한다면 빌라가 아니라 보안이 좋은 아파트로 들어가는 것이 정상이리라.

"돈이 있는데 남편이 범죄자라는 것을 알고 있다면, 두려움 때문에라도 보안을 중요하게 생각하게 되지."

"으음……."

"고정관념이라는 게 그래서 무서운 거야."

가해자의 가족이니까.

가해자가 친 사기의 이득을 누렸으니까.

그러니 '적'이라고 생각하고 접근했기 때문에 보이지 않던 것들.

하지만 반대로 그들도 피해자라고 생각하고 접근하자 보이는 것들.

"그러면 협박당하고 있을 거라는 거네. 애정 때문이라고는 애초에 생각하지 않았던 거야?"

노형진은 피식 웃었다.

확실히 그럴 가능성도 있다. 일부는 말이다.

하지만 안종택의 카드 내역을 보고는 그런 생각이 싹 사라졌다.

"이 카드 내역을 봐 봐, 얼마나 많은 룸살롱을 다니는지."

"아……."

"그렇게 서로에 대해 철저한 믿음을 가지고 있는 부부인데, 남편이 과연 아내를 버리고 룸살롱에 다니면서 돈을 쓸까? 그것도 걸릴 수밖에 없는 카드로?"

"……."

그렇다.

차라리 현금으로 결제한다면 이해라도 한다. 남자는 그런 존재니까.

하지만 대놓고 현금이 아닌 카드를 쓰고 다닌다?

아무리 이혼했다고 해도 터무니없다. 정말 믿음으로 상대방과 연결되어 있다면 말이다.

"늑대는 자기 반려가 죽으면 다시 결혼하지 않고 혼자 산다고 하지. 뭐, 그런 정도까지 바라는 건 아니지만, 끔찍하게 믿고 있는 부인에게 수십억을 맡긴 인간이 이렇게 대놓고 바람을 피우고 돌아다닌다고?"

"끄응."

"아마 좀 더 조사해 보면 안종택이 재혼 준비를 하고 있다는 걸 알 수 있을걸."

"뭐?"

손채림은 깜짝 놀랐다.

전처에게 돈을 맡겨 두고 재혼을 준비한다는 게 이해가 가지 않았던 것이다.

노형진은 그런 그녀의 마음을 이해한다는 듯 어깨를 으쓱했다.

"트로피."

"아⋯⋯."

양민하는 이미 나이를 먹었다. 42세.

관리를 해서 30대 초반으로 보이는 외모이기는 하지만, 그렇다고 해서 티가 안 날 수는 없다.

그런데 안종택은 여자를 트로피처럼 여기는 놈이다. 그런 놈이 나이 먹은 조강지처를 가만둘까?

"더군다나 안종택은 양민하와 재혼했어."

그것도 세 번째 아내가 양민하다.

그렇다는 것은, 그 전에 아내가 두 명이나 있었다는 소리다.

"그들에 대해서는 전혀 조사하지 않았지?"

"그렇지⋯⋯. 전혀 남남이니까. 이혼한 지도 오래되었고."

"하지만 그는 사기 전과 5범이고."

"후우, 확실히 실수했네."

타이틀임과 동시에 돈을 빼돌리는 방식이다.

이혼하고 명의를 아내 이름으로 돌렸다가 잠잠해지면 그 돈을 찾아오고 다시 사기 치고⋯⋯.

"결국 아내는 버려지는 거지."

노형진은 어깨를 으쓱했다.

"그러면 이제 남은 건 한 가지뿐이네."

"그래. 의심을 확인하는 거지."

노형진은 자리에서 일어나면서 외투를 들었다.

"한번 만나 보자고."

딩동.

벨을 눌렀지만 대답이 없는 내부.

노형진은 다시 한 번 벨을 눌렀다. 하지만 여전히 반응이
없다.

"없는 거 아닐까?"

"아까 차는 아래에 있었잖아."

"차를 두고 나갔을 수도 있고……."

"흠."

노형진은 잠깐 생각했다.

확실히 그랬을 수도 있다. 한낮이니 외출했을 수도 있고.

아파트가 아니니 경비원은 없다. 설사 경비원이 있다고 해
도 알려 줄 리가 만무하지만.

"내가 봐서는 안에 있을 것 같은데."

"응?"

"아래에 차가 있잖아."

"그래서?"

"우리가 찾았는데 피해자들이 못 찾아올까?"

"아……."

흥신소를 통하면 피해자들도 양민하를 찾는 것은 어려운 일이 아니다.

그리고 피해자들이 그녀를 찾았다면, 그다음은 뻔하다.

"돈을 달라고 달려들겠지."

"그렇겠네. 지금 안종택은 돈 다 뜯기고 이혼했다고 버티고 있는 중이니까."

결국 남은 것은 양민하뿐이다.

피해자들은 절박하다. 흥신소를 써서 사람을 찾는 것이 불법이라는 것을 모르지는 않지만 그걸 신경 쓸 상황이 아니다.

"무서운 놈이네."

"그러니까."

이건 돈을 빼돌릴 수도 있지만 또한 자신의 책임을 떠넘길 수도 있는 방식이다.

피해자들이 당장 돈이 없는 안종택에게 돈을 달라고 할까, 아니면 돈을 다 가지고 간 양민하에게 달라고 할까?

"정작 안종택은 편하겠네."

"법적으로 선처도 받을 수 있겠지."

가족을 위해 뭐든 다 했지만 전 재산을 빼앗긴 불쌍한 남편 코스프레를 하면서 법원에서도 선처를 받을 것이다.

"웃기는 일이네."

물론 판사들도 바보는 아니다.

그가 피해자들에게 돈을 돌려주지 않기 위해 위장 이혼했다는 것을 예상은 하고 있을 것이다.

하지만 그걸 증명하기는 힘들다.

그리고 안종택의 변호사는 뇌물과 감언이설을 던질 것이다.

"결국 답은 정해진 거네."

괴로운 것은 양민하고, 그 돈을 쓰는 것은 안종택.

"와, 개자식."

"범죄자들이 그런 거지."

노형진은 어깨를 으쓱했다. 그리고 문을 바라보았다.

"그러면 방법은 없지."

"그냥 가게?"

"아니. 내가 미쳤어?"

애초에 이럴 거라는 것은 예상하고 있었다.

한두 번 해 본 게 아니니까.

"두고 보라고, 후후후."

노형진은 씩 웃으면서 문을 탕탕 두들겼다. 그리고 크게 외쳤다.

"양민하 씨! 안에 계신 거 압니다! 만일 계속 문을 열어 주지 않으신다면 제가 손을 쓰는 수밖에 없습니다!"

하지만 아무런 소리도 들려오지 않는 문 너머.

'도망가려면 벌써 도망갔겠지.'

그리고 멀리 도망가는 사람이 차를 두고 가지는 않았을 것이다.

즉, 양민하는 집 안에 있다는 소리다.

그리고 그건 한 가지 가능성을 더 알려 주고 있다.

'예상대로 양민하는 그 돈을 마음대로 쓰지 못하는 거야.'

이런 상황이라면 집을 옮겨도 되고, 당장은 그게 힘들다면 근처 호텔에 숙박해도 된다.

그녀는 부자니까.

하지만 그러지 못한다는 것.

그건 돈은 가지고 있으나 그녀는 한 푼도 건드릴 수 없다는 반증이다.

"흠, 계속 이렇게 나오시는군요. 그러면 저는 어쩔 수 없이 법대로 해야겠네요."

노형진은 거기까지 말하고 목소리를 가다듬었다.

그리고 안쪽을 향해서 최후통첩을 날렸다.

"지금부터 법적인 과정에 들어갈 겁니다. 소송을 정식으로 걸 겁니다. 그리고 양민하 씨의 집에 대해 압류를 걸 겁니다. 아마 압류를 처리하는 날이 온다면 열쇠 장인을 불러서 이 문을 따겠지요. 과연 그날 제가 혼자 올까요? 이번 사기 사건의 피해자가 백 명이 넘는다고 하던데요. 그들이 이 집에 들어갈 때의 일은 이미 생각해 두셨지요?"

"……."

"그 사람들이 양민하 씨를 가만두지는 않을 것 같은데요.

어쩌죠? 문을 열고 지금 제 이야기를 들어 보시겠습니까? 아니면 제가 백 명이 넘는 피해자들을 데리고 문 따고 들어갈까요?"

노형진의 협박 아닌 협박에 얼굴이 핼쑥해지는 손채림.

설마 협박까지 할 줄은 몰랐던 것이다.

"야, 미쳤어?"

"아니, 정상이야."

"정상인데 왜 협박을 해!"

"원래 협박은 상대방이 가장 두려워하는 걸로 하는 거야."

그 순간 철컥하는 소리와 함께 문이 열렸다.

노형진은 그걸 보고는 손채림을 향해 씩 웃었다.

"거봐."

문을 열고 들어가자 안쪽에서는 양민하가 딸을 품에 안고 노형진과 손채림을 바라보고 있었다.

노형진은 그런 그녀의 눈빛에서 두려움을 읽었다.

'역시나.'

다른 사람들이 와서 얼마나 깽판을 쳤는지는 알 수 없다.

하지만 이미 그런 일을 당해 봤으니 저런 두려움을 가지고 있을 것이다.

"우리는 이혼했어요. 이 집과 재산도 제 겁니다. 그 부분은 전남편과 이야기해 보세요."

마치 기계처럼 중얼거리는 그녀.

하지만 그녀의 눈빛에는 독기나 강단이 없었다. 그저 멍한 눈으로 딸만 품에 꼬옥 안고 있을 뿐이었다.

'그렇군.'

돈이 중요한 게 아니다. 딸이 중요한 거다.

다른 건 다 포기해도 딸은 포기하지 못한다. 그게 모정이다.

그러면 안 봐도 비디오다.

"안종택이 따님을 가지고 협박하던가요?"

움찔하는 양민하. 그리고 품에 있는 딸을 더욱 강하게 안았다.

"엄마, 아파."

얼마나 강하게 안았는지 아이가 칭얼거리는 수준.

노형진은 그런 그녀를 일단은 진정시켰다.

"제가 피해자들의 의뢰를 받고 오기는 했습니다만, 양민하 씨에게 위해를 가하거나 따님에게 위해를 가할 생각은 없습니다. 그저 도움을 드리고 싶은 것뿐입니다."

"그러면 가 주세요."

"갈 수야 있지요. 하지만 이다음에는 피해자들이 몰려올 겁니다. 얼마 후면 아이도 학교에 가야 할 텐데, 계속 품에 안고 계실 겁니까? 그때는 어쩔 수 없이 문을 열어야 할 텐데요. 무려 30억입니다. 피해자들은 밤샘 정도는 충분히 하실 수 있어요."

핵심을 말하자 얼굴이 사색이 되는 양민하.

"여기서 끝까지 싸우실 수도 있습니다. 하지만 그렇게 해 봤자 좋은 것은 안종택뿐이지요."

"우리는 이혼했어요. 그 사람은 저와는 아무런 상관도 없는 사람이에요."

"그래요?"

노형진은 주변을 스윽 둘러봤다. 그리고 씨익 미소 지었다.

"제 부탁 하나만 들어주시면 그 말 믿어 드리겠습니다."

"부탁요?"

노형진은 품에서 뭔가를 꺼내 들었다.

이미 그녀가 이런 이야기를 할 거라는 것쯤은 알고 있었다.

"이건 이 근처에 있는, 제가 가진 아파트의 월세 계약서입니다. 여기에 사인하시고 이사해 주세요."

"이사요?"

"네. 보증금은 없고, 월세는 이곳과 똑같이 받을 겁니다. 여기 보니까 18평 정도 되는 것 같은데, 그곳은 36평입니다. 신식 아파트이고 계약 기간은 2년입니다. 피해자들에게 그곳에 대해 절대로 말하지 않을 겁니다. 만일 이야기하면 30억에 대한 채무는 제가 변제하는 걸로 공증하죠. 어떻게, 하실 생각 있습니까? 여기서 피해자들에게 쫓기는 것보다 훨씬 더 좋으실 텐데요."

급격하게 몸을 떠는 양민하.

노형진은 그런 양민하에게 쐐기를 박았다.

"단, 그 사실을 안종택 씨에게 말하면 안 됩니다. 만일 양민하 씨가 안종택 씨에게 이야기하거나 어떤 방식으로든 연락한 것을 알게 된 경우, 전 그 숙소를 피해자들에게 공개할 겁니다. 어떻게, 받아들이실 건가요?"

"헐!"

말 그대로 파격적인 조건이다.

18평 빌라 월세로, 보증금도 없이 두 배나 넓은 아파트를 2년간 빌릴 수 있다니.

더군다나 철저하게 비밀을 지켜 주겠다니.

상식적으로 그런 조건을 거부한다는 것은 말이 안 된다.

"하시겠습니까?"

노형진의 질문에 양민하는 입술을 깨물었다.

그리고 고개를 흔들었다. 하지 않겠다는 뜻이다.

"어째서요? 양민하 씨가 손해 볼 건 전혀 없는데요."

"……."

"하지 않는 게 아니라 하지 못하는 건가요?"

"아니에요."

"그래요? 그러면 제가 양민하 씨의 가족들에게 사람을 좀 보내도 될까요?"

양민하의 얼굴이 사색이 되었다.

그리고 손채림의 얼굴 역시 사색이 되었다.

"야!"

작게 말하는 손채림을 바라본 노형진은 눈을 살짝 찡긋했다.

물론 양민하는 그걸 보지 못했다.

"이런 조건을 내걸어도 될 만큼 전 돈과 능력이 있습니다. 가족들에게 사람을 보내는 건 일도 아니지요."

"그……."

"뭐, 전 상관없습니다만. 어느 쪽을 선택하시든 말입니다. 어차피 양민하 씨가 뭘 선택하든 결과는 같을 테니까요."

노형진은 자리에서 일어났다.

"그러면 다음번에는 다른 피해자들과 같이 오지요."

노형진이 차갑게 말하며 몸을 돌리자 손채림도 엉겁결에 일어나서 따라나서려고 했다.

그 순간, 뒤에서 절규하는 듯한 목소리가 들려왔다.

"나보고 어쩌라는 거야! 차라리 날 죽여! 날 죽이라고! 흑흑……."

고개를 돌려서 양민하를 바라보자 그녀는 딸을 안고 오열하고 있었다.

⚖️

"역시나."

양민하는 포기한 듯 모든 것을 털어놓았다.

이야기가 시작되기 전, 손채림은 딸아이를 진정시키고 따로 다른 방에 데려갔다.

아무래도 아이가 들을 만한 일은 아니었으니까.

"안종택이 돈을 지키고 있어라, 그러지 않으면 딸과 가족들을 죽이겠다고 했다고요?"

"네."

"역시나."

이미 손채림이 양민하의 가족에 대해 조사했다.

전형적인 가난한 집안이었다.

지하 사글셋방에 살고, 그나마 오빠라고 하나 있기는 하지만 지적장애를 앓고 있다. 스스로를 지킬 힘도 없고 먹고살수 있는 힘도 없다.

"그래서 결혼한 거였어요."

돈이 있으니까, 그래서 가족을 지켜 줄 수 있을 거라 생각해서 말이다.

하지만…….

"그는 악마예요."

사람을 패고 괴롭힌다. 그리고 사기를 치고, 그 돈으로 먹고사는 사기꾼.

"벗어나고 싶었어요. 하지만 그럴 수가 없었어요. 가족들을 지켜야 하기 때문에……."

'예상대로군.'

의외로 이런 사건이 종종 있다.

가족이지만, 범죄자는 가족을 한편으로 구분하지 않는다.
그들에게 가족은 그저 도구일 뿐.

　"갈 곳이 없었어요."

　어찌 되었건 최소한의 돈이라고 하지만 한 달에 100만 원을 주는 것, 그게 부모님들의 생활비였다.

　그게 없었으면 자기 가족들은 옛날에 죽었을지도 모른다.

　그 돈 때문에 그를 떠날 수가 없었다.

　"고작 100만 원 때문에요? 차라리 일을 해도 그것보다는 더 받을 텐데요."

　"이혼하려고 하기도 했어요."

　하지만 그 이야기를 꺼낸 다음 날, 오빠가 길에서 누군가에게 엄청나게 두들겨 맞았다.

　지적장애인이라 누가 때렸는지 기억도 하지 못해서 범인도 못 잡았다.

　그리고 그런 오빠의 병원비를 내러 온 안종택이 양민하에게 말했다, 두 번의 용서는 없다고.

　'미친놈.'

　가족의 생계, 아이의 생명.

　그 때문에 배신하고 싶어도 배신할 수가 없었던 것이다.

　"아니, 그 돈 없어도 돼요. 그 돈 없어도 우리 가족, 어떻게든 먹고살 수 있어요. 하지만 그 악마 같은 놈 때문에 우리는 벗어날 수가 없었어요."

이것이법이다

한번 시작된 이야기는 멈추지 않았다.

양민하는 한참을 울고 한참을 하소연했다.

"그 돈을 돌려주시겠다는 건가요?"

"돌려줘도 상관없는 돈이에요. 하지만……."

그 사실을 안종택이 알게 되면 자신은 죽는다.

아니, 자신만 죽는 게 아니다.

자신의 어머니와 아버지, 장애를 가진 오라버니 그리고 자신의 딸까지.

핏줄을 이은 딸이라고 해서 가만둘 놈이 아니다.

실제로 자신의 말에 따르지 않았다고 애를 패서 두 다리가 부러진 적도 있다고 했다.

"알겠습니다."

노형진은 사건의 심각성을 알아차린 듯 고개를 끄덕거렸다.

"그러면 이렇게 하지요."

"어떻게요?"

"저희한테 사건을 위임하세요."

"네? 하지만 피해자 측 변호사시잖아요?"

"어차피 그 돈은 필요 없다면서요? 저도 그 돈을 받기 위해 위임받았습니다. 즉, 그 돈을 받기 위해서는 그 문제를 해결해야 합니다."

양민하는 입을 다물었다.

마음속 한구석에 남아 있는 공포, 그게 아직 그녀를 붙잡고 있었다.

노형진은 그녀에게 아까 전에 건네줬던 계약서를 보여 줬다.

"협박은 힘이 있는 사람이 하는 거죠. 그리고 전 힘이 있습니다."

사실 30억 정도, 노형진이 대신 물어 줘도 그만인 돈이다.

다만 그건 법 집행이 아니라 동정이기에 하지 않는 것일 뿐.

"힘이 없는 놈이 하는 협박은 협박일 뿐이지요. 하지만 힘이 있는 사람이 하는 협박은 현실입니다."

양민하는 입술을 깨물었다.

"미친놈 아냐?"

손채림은 나중에 이야기를 듣고 입을 쩍 벌렸다.

설마 자기 와이프, 아니 자기 딸까지 협박하는 놈은 상상도 못 했다.

"이게 잔인한 현실이지."

범죄는 결국 자신의 욕망에 충실하기 위해 벌이는 행위다.

가족을 위해 범죄를 저지른다? 말도 안 되는 소리다.

물론 작은 범죄야 저지를 수도 있다.

가족을 위해 분유를 훔친다거나 하는 것 말이다.

그러나 가족을 위해 사기를 친다?

그건 말도 안 되는 소리다.

그렇게 사기를 친 놈이, 그 돈을 가족을 위해 쓰지는 않는다.

"핑계지, 처벌을 면하기 위한."

"그래서 자기 딸을 죽이겠다고 협박한다는 거야?"

"딸을 사랑했다면 과연 그렇게 이혼했을까? 사실 진짜 아내로 받아들인 게 아니라 트로피나 마찬가지였어. 그런데 그 사이에서 태어난 딸이야. 과연 애정을 가질까? 성욕을 푸는 와중에 생긴 부산물처럼 생각하겠지."

"미친놈."

손채림은 욕을 멈출 수가 없었다.

"물론 모든 사기꾼이 다 그런 건 아닐지도 몰라. 하지만 최소한 안종택은 그런 놈일 가능성이 높아."

"그러면 어쩌지? 이거 단순히 돈 받는 문제가 아닌 것 같은데. 경찰에 신고해야 하나?"

"그게 가능하겠어?"

양민하의 오빠가 흠씬 두들겨 맞아서 입원했다.

그 말은, 안종택에게 협박을 실행할 수 있는 힘이 있다는 뜻이다.

"만일 양민하가 신고하면 그는 보복할 거야. 그게 두려워서 양민하는 신고를 못 하고 있는 거고."

"으음……."

즉, 신고하는 순간 가족들이 보복당할 거라는 뜻이다.

물론 당장 죽지는 않을지도 모른다.

하지만 양민하의 가족들은 심각한 문제를 겪고 있다.

부모님들은 노쇠해서 작은 폭행에도 버티지 못할 수 있다.

부모님이 죽으면, 지적장애를 가지고 있는 오빠 역시 살아남을 수 없다.

"안종택이 직접 폭행하지는 않았을 거야. 아무리 지적장애라곤 해도 자주 본 사람은 기억하니까 안종택을 기억할 가능성이 높거든. 아마도 안종택은 누군가에게 청부했을 가능성이 높아. 그들이 누군지에 대해 알아봐야지."

그 후에 방법을 생각해 봐야 할 것이다.

"아무래도 이번 사건은 여러모로 힘들지도 모르겠네."

노형진은 절로 눈을 찌푸릴 수밖에 없었다.

상도덕이 없는 놈들

"조사 결과가 나왔어."

얼마 뒤 손채림은 안종택에 대해 새로운 조사 결과를 가지고 왔다.

"일천파라는 조직이야."

"일천파?"

"그래."

"어째서 기초 조사에서 안 나온 거야?"

이러한 사기꾼들의 배후는 철저하게 조사하기 마련이다.

그런데 첫 조사에서 안종택의 뒤에 일천파는 등장하지 않았다.

그렇다면 동네에서 보수를 받는 평범한 조직인 걸까?

"그건 내가 설명하지."

"회장님?"

문을 열고 들어온 것은 다름 아닌 한만우였다.

노형진은 그를 보고 껄끄러운 표정이 되었다.

그럴 수밖에 없는 게, 그와 몇 번 일하기는 했지만 그는 조폭이기 때문이다.

그것도 상당한 규모의 조직을 가지고 있는 사람이다.

물론 양성화를 위해 많이 노력하고 있고 마약이나 인신매매 같은 반인륜 범죄를 혐오하는 사람이기는 하지만, 조폭이라는 것은 변하지 않는다.

"우리 사이에 회장은 무슨."

그는 들어와서 의자에 떡하니 앉았다.

그리고 노형진을 물끄러미 바라보았다.

"도대체 어쩐 일로 오신 겁니까? 요즘 일 많지 않아요?"

"원래 이 바닥이 그래. 일은 아래에서 하고, 위에서는 그걸 빼먹지."

"그렇지 않은 곳도 있습니까?"

"하하, 그렇군."

"진짜로 왜 오신 겁니까? 공연장 사업이 잘 안되시나요?"

노형진은 한만우가 그에게 추천받은 지역 공연장 사업으로 상당한 돈을 벌고 또 양성화에 성공한 상태라고 알고 있었다.

이것이 법이다

"자네가 요즘 위험한 게임을 한다고 해서 말이지."

"위험한 게임?"

"일천파에 대해 조사한다지?"

"네? 그렇습니다만. 혹시 회장님 아래에 있는 조직입니까?"

한만우는 고개를 흔들었다.

"차라리 그랬으면 내가 자네를 도와주지, 위험한 게임이라고 하겠나?"

"그러면?"

"반골이야."

"네?"

"양성화라는 게, 우리 같은 인간들에게는 양날의 검 아닌가?"

"갑자기 그게 무슨……."

"일단 들어나 보게."

양성화.

말 그대로 폭력 조직을 제대로 된 사회조직으로 바꾸는 작업.

노형진의 도움으로 한만우는 폭력 조직의 양성화에 박차를 가했다.

사실 사람들의 생각과 다르게 요즘은 폭력 조직원들이 잘 먹고 잘사는 시대가 아니다 보니 그 역시 자기 아래에 있는 애들이 최소한 밥은 안 굶게 하겠다고 일을 시작한 것인데, 그 일이 제대로 잘되어서 상당한 조직원들이 자리를 잡고 조직원이 아닌 직장인이 되었다.

그런데 그게 양날의 검이 되었다.

"직장인이 된 인간은 조직에 있었던 때와는 달라지지."

"아……."

폭력 조직에서 주먹과 칼을 휘두르고 돈을 갈취하며 세를 자랑하던 자가, 직장을 가지고 결혼을 하고 아이를 가지고 하면서 양성화되면 과거처럼 폭력 조직으로 돌아가지는 못한다.

"우리가 전국구 조직이었던 덕분에 발돋움하기는 했지만, 그 대신 그쪽 세계에 대한 통제력은 약해졌네."

"그렇군요."

"그리고 그런 상황을 이용하려고 만들어진 곳이 일천파야."

노형진은 눈을 찌푸렸다.

즉, 새로 성장하는 신흥 조직이라는 소리다.

"그런데 위험한 게임이라니요?"

"내가 전국적 조직으로 우리 조직을 키운 뒤에 양성화했어. 그래서 쓸 만한 놈들은 죄다 멀쩡한 타이틀을 달고 일하고 있지."

공연장 설치나 통제, 행사장 통제 등등이 그들의 주요 업무다.

"그런데 그러지 못한 놈들이 있지."

"무슨 뜻인지 알겠습니다."

멀쩡하게 통합하고 확장하고 자리를 준다고 해도, 거기에 적응하지 못하는 놈들.

그러니까 재활용도 못 하는 폐기물 수준의 인간들.

그런 인간들이 없는 게 아니다.

그런 자들은 남을 갈취해서 돈을 뜯어내는 게 더 편하다고 생각하지, 직접 일해서 돈을 벌 생각은 없다.

"반기를 드는 놈들이 있었군요."

"그래. 하지만 우리도 대응하기는 쪼까 거시기 하거든."

과거에 조직에 반기를 들면 철저한 보복이 뒤따랐다.

밟아 버리기도 하고, 병신을 만들기도 하는 식으로 말이다.

그러나 양성화된 이상 그러한 행동에는 브레이크가 걸릴 수밖에 없다.

"그런 놈들이 만든 게 일천파야."

노형진은 한숨이 나왔다.

한만우도 통제하지 못하는 놈들.

그러니까 막장 중의 막장이라는 거다.

"아이러니 아닌가, 조직을 깨끗하게 운영하려고 양성화했더니 더 더러운 조직이 만들어졌다는 게."

"돌겠네요."

그들은 쫓겨나자 자기들끼리 뭉쳐서 세력을 늘렸다.

그리고 한만우가 절대로 하지 않는 행동들을 하면서 자신들의 세를 과시했다.

"그렇게 짧은 시간에 훅 성장할 수가 있습니까?"

"하고자 한다면."

"끄응……."

하긴, 한만우가 하지 못하게 하는 것들은 반인륜 범죄다.

실행할 경우, 일단 돈은 되는 일.

"애초에 안종택을 조사했을 때 일천파가 나오지 않은 건 그가 일천파와는 그다지 관련이 없어서야."

"그게 무슨 소립니까?"

"애초에 일천파와 안종택이 연결되어 있던 게 아니라, 그를 일천파에 연결시켜 준 게 정치권이니까."

"설마……?"

"그래, 그놈들은 정치 깡패 노릇도 하고 있지."

노형진의 얼굴이 사정없이 일그러졌다.

그는 안종택이 범죄자이니 일천파와 선이 닿아 있는 거라 생각했다.

하지만 그의 생각과 다르게, 일천파는 안종택과 직접 선이 닿아 있는 게 아니라 누군가를 통해 연결되었다는 것이다. 그게 바로 정치권.

'염병할 개새끼들.'

그러니 첫 번째 조사에서는 나오는 게 있을 리 없다. 직접 연결된 게 아니니까.

"그 녀석들 때문에 우리도 곤란해."

"왜요? 불법적인 일을 해서 그러나요?"

"그거야 우리랑 상관없지. 자기들이 뭘 하든, 그건 우리한 테 영향을 주지 않으니까."

그렇게 막장들만 모여서 만든 조직이라면 인신매매부터 마약까지, 별의별 짓을 다 할 것이다.

'청부와 폭행, 협박은 기본일 테고 말이지.'

그제야 안종택이 그렇게 뻣뻣할 수 있었던 이유를 알 것 같았다.

전화 한 통이면 양민하와 그 가족을 확실하게 죽일 수 있 어서였던 것이다.

"그런데 우리를 노리더라고."

"설마…… 공연장을요?"

"그렇지 않겠나? 돈도 되지, 애들도 예쁘지. 자네 덕분에 아랫도리 못 돌리는 놈들이 한두 명인가?"

"허허허."

노형진은 그동안 여러 가지 시스템을 개발했다.

엔터테인먼트 조합이나 인터넷 방송 등을 이용해서 새로 운 사람들을 도와주고 데뷔할 수 있게 해 줬다.

그 와중에 철저하게 금지한 것이 바로 성 상납이다.

"이해가 가는군요."

엔터 쪽을 그들이 먹으면 상부에 성 상납을 하는 것은 그 리 어려운 일이 아니다.

그러니 그들의 입장에서는 군침이 흐를 수밖에 없으리라.

"자네가 일천파를 건드리면 말이야, 그쪽에서는 바로 움직일 거야."

"그 정도입니까?"

"미친 새끼들이라니까. 막장 중의 막장들이 모여서 만든 조직이니 상황이 어떻겠나? 사람들의 시선? 여론? 그런 거 신경 쓰면 그런 일 안 하지."

조폭의 인생이라는 것이 바닥 중의 바닥이다.

그리고 일천파에 간 사람들은 그나마 회생조차도 안 되는 작자들.

그런 자들이 주변을 신경 쓸 리 없다.

"정치 깡패라……."

정치 깡패들은 건드리기 애매하다.

정치인과 선이 닿아 있는 이상, 그들을 건드리면 여러모로 피곤하니까.

"자네가 무슨 생각을 하는지 알겠더군. 뒤에 있는 폭력 조직을 거덜 내려고 했겠지."

"사실대로 말하면 그렇습니다."

노형진의 힘이라면 뒤에 어느 정도 되는 조직이 있든 날려버리는 건 일도 아니다.

일단 검찰과 경찰에 선이 닿아 있고 또 한만우와도 선이 있으니, 대형 폭력 조직이 거의 없는 현재 대한민국의 상황상 그들을 응징하는 것은 어려운 일이 아닐 거라 생각한 것이다.

"일천파는 안 될 거야. 그 수가 무려 사백 명이 넘네."

"네? 그 정도면 거의 전국구 아닙니까?"

"거의 전국구가 아니라 전국구 맞아."

한만우가 지역의 조직들을 흡수하는 와중에 그 지역에서 재활용도 안 되는 쓰레기들이 모여든 것이니 전국구는 맞다.

"정치인은 누가 연결되어 있나요?"

"나야 모르지."

"모르시는 겁니까, 아니면……."

"너무 많아서 예측이 안 된다는 걸세."

"으음……."

하긴, 정치 깡패들을 이용하고 싶어 하는 정치인은 쌓이고 쌓였다.

다만 눈치가 보여서 쓰지 못할 뿐.

사실 정치인들 중에서 정치 깡패를 애용하는 사람들은 적지 않다. 다만 드러나지 않을 뿐.

"그들이 욕심을 부린다 이거죠."

"그래."

보아하니 그 건을 자신에게 맡기고 싶은 모양이었다.

'하긴.'

여기서 항쟁해 봐야 정치인이 저쪽에 붙어 있는 이상 불리한 것은 이쪽이다.

경찰과 검찰이 악착같이 이쪽을 물어뜯을 테니까.

"그건 나중에 하고, 일단은 지금 눈앞에 있는 사건부터 해결하는 게 좋겠네요."

노형진은 곰곰이 생각했다.

일단 사건을 보면 안종택이 양민하를 협박하기 위해 청부를 넣은 것은 확실하다.

'그리고 양민하가 소송을 넣으면 분명히 다시 한 번 청부를 넣겠지.'

이번에는 협박으로 끝나지 않을 것이다.

아마도 직접적으로 손을 쓰려고 할 것이다.

그럴 수밖에 없다. 전 재산을 양민하가 가지고 있는 상황이니까.

'일단 양민하가 죽으면 그 재산은 딸이 받는다. 그리고 그 딸의 양육권은 자연스럽게 안종택에게 가겠지.'

그러니 양민하가 죽든 말든 그는 신경 쓰지 않을 것이다.

도리어 자신을 배신하려고 한다면 분명히 양민하를 죽이려고 들 것이다.

'딸이 오면 그 재산 역시 딸려 올 테니까.'

"신고를 하는 건 어때?"

아무래도 청부를 받아서 움직이는 자들이 마음에 걸리는지 손채림이 조심스럽게 물었다.

하지만 노형진은 고개를 흔들었다.

"경찰은 기본적으로 사건을 수사하는 집단이야. 예방하는 집단이 아니라."

"그게 무슨 소리야?"

"아무리 의심이 가거나 정황이 다급하다고 해도, 사건이 일어나기 전에는 움직이지 않는다는 거지."

"그랬지, 참."

실제로 어떤 피해자가 보호를 요청했는데 경찰이 자기 소관이 아니라면서 되돌려 보낸 적이 있다.

그리고 그다음 날, 피해자는 스토커에게 살해당했다.

경찰에서 스토커에게 경고만이라도 해 줬다면 벌어지지 않았을 일.

"이번도 마찬가지야. 그가 청부해서 살해할 거라는 것도, 명확한 것도 아니고 말이야."

도리어 그런 사건이 벌어지면 수많은 피해자들 중 한 명이 청부했다고 엉뚱한 곳을 수사할 가능성이 더 높다.

"소송을 통해 이혼한 거라면 충분히 수사의 대상이 될 수 있겠지만……."

공식적으로 안종택과 양민하는 합의이혼, 그것도 안종택이 양민하의 딸을 위해 스스로 전 재산을 포기하는 형태로 이루어졌다.

그런 상황에서 재산 때문에 살인을 청부한다는 것은, 경찰로서는 받아들이기 힘든 소리일 것이다.

"그러면 어쩌지?"

노형진은 한만우를 바라보았다.

"제가 일천파를 제압할 수 있는 가능성은 얼마나 되지요?"

"뭐, 하다 보면 언젠가는 되겠지."

"단시일 내에 말입니다."

"단시일이라……."

한만우는 고개를 흔들었다.

"안 될 걸세. 그놈들은 최소한의 선이라는 것도 없어."

"그 말은?"

"그들을 제압하려고 하면 자네부터 죽이려고 할 걸세."

"으음……."

즉, 미리 그들의 힘을 어느 정도 빼 놓지 않으면 이번 사건을 해결하지 못한다는 뜻이다.

"결국 어차피 나를 위해 힘써야 할 텐데……."

"그건 나중 문제고요."

중요한 것은 안종택이 양민하를 협박하는 것을 막는 것이다.

"현재로서는 그냥 도망치는 게 최선 아닐까?"

"당장은 그렇지."

하지만 그건 양민하가 30억을 가지고 도망간다는 뜻이다.

돈을 빼앗긴 안종택이 양민하를 과연 순순히 놔줄까?

"돈을 돌려주는 건?"

"마찬가지일 거야."

지금 양민하가 돈을 돌려주면 안종택의 피해자들이 그 돈을 찾아갈 것은 당연한 일.

그러니 안종택이 돈을 잃어버리는 것은 마찬가지다.

"흠……."

노형진은 턱을 스윽 문질렀다.

그러다가 문득 미소를 지었다.

"일천파라는 그놈들 말입니다, 그놈들, 상도덕이 없죠?"

"상도덕?"

"네."

"당연히 없지. 상도덕이 있다면 그렇게 막장으로 가지 않을 걸세."

원래 이 바닥에 있다가도 은퇴한 사람들은 손대지 않는 것이 암묵적인 룰이다.

보복을 하지 않는다기보다는, 그가 가게를 내는 데 가서 깽판을 치거나 하는 걸 하지 않는 정도이지만.

"하지만 그놈들은 그런 것도 없어. 돈만 된다면 지 부모도 팔아먹을걸."

"역시……."

"뭐, 돈 주고 하지 말라고 하게? 꿈도 꾸지 말게나."

그들은 폭력배다.

그런 식으로 약점이 잡힌다면 그들은 의뢰를 포기하는 대신에 계속 돈을 뜯어내려고 할 것이다.

"아니요. 제가 생각하는 건 그런 게 아닙니다."

"그럼?"

"이번 사건에서 일천파의 의뢰인은 안종택이지요."

"그렇지."

"하지만 안종택이 그들을 피해 다니게 된다면 어떨까요?"

"그럴 리가!"

말도 안 되는 소리다.

안종택이 일천파에 일을 의뢰했다.

그리고 대부분의 범죄자가 그렇듯, 이런 짓을 한 번만 의뢰하는 놈은 없다.

즉, 안종택은 그들과 상당히 끈끈한 관계를 가지고 의뢰를 넣고 있을 것이다.

'아마도 과거의 피해자들 역시 의뢰 대상이겠지.'

소송을 진행하던 중, 피해자가 갑자기 포기하는 일이 몇 번 있었다.

생각해 보면 이상한 일이다.

보통 의뢰인들은 변호사에게 소송을 맡긴 뒤로 신경 쓸 일이 없다. 그런데 갑자기 소송을 포기하다니.

이는 즉, 과거부터 거래가 있던 놈이라는 의미다.

앞으로 계속될 가능성도 있고 말이다.

"하지만 일천파는 후안무치한 놈들이지요. 그들에게 있어서 사람은 돈입니다."

"그래서?"

"아까 그러셨잖습니까, 자기 부모도 돈만 주면 팔아먹을 놈들이라고."

"그런 놈들이지. 그건 확실하네."

"그러면 안종택이 돈으로 보이게 만들면 되는 겁니다, 후후후."

⚖️

강성태는 자신의 복장을 확인했다.

허름하고 오래된 양복. 그리고 화장을 통해 피곤한 듯 꾸민 피부.

"이 정도면 그럴듯하쥬?"

"'그럴듯하쥬?'가 아니라 '그럴듯합니까?'입니다."

"아, 죄송합니다. 이놈의 입은 표준어가 안 붙는지. 요놈, 요놈."

자신의 입술을 찰싹찰싹 때리는 강성태를 보면서 노형진은 피식 웃었다.

강성태는 정보 팀에서 일하는 사람이다. 그런데 사투리가 너무 심한 게 문제였다.

정보 팀에서 일할 때는 최대한 특색을 남기지 않아야 한다. 그래야 상대방이 인식하지도, 기억하지도 못하니까.

당연히 강성태의 심한 사투리는 심각한 문제 중 하나였고, 그는 사투리를 고치기 위해 오랜 시간을 노력했다.

　그러나 그럼에도 불구하고 방심하면 가끔 튀어나오는 사투리는 어쩔 수가 없었다.

　"어쨌든, 그럴듯이 아니라 대놓고 사기당한 사람인데요."

　노형진은 강성태에게 엄지를 척 올렸다.

　강성태는 그런 그의 신호에 씩 웃었다.

　"연기는 오랜만이네요."

　보통은 정보를 캐러 다니지 연기는 잘 하지 않는다. 그 사투리를 고치는 데 시간이 좀 걸렸기 때문이다.

　그렇다고 해서 연기를 못하는 건 아니다.

　텔레비전에서 볼 수 있는 정도의 연기는 못하지만, 사람을 속이는 정도야 어려운 일이 아니다.

　"들어가서 기다리면 그쪽에서 연락이 올 겁니다."

　"알겠습니다."

　강성태는 고개를 끄덕거리고는 차에서 내렸다.

　그리고 버스를 타고 힘겨운 표정으로 시내로 향했다.

　"이럴 필요가 있을까?"

　"조심해야지. 사기를 당해서 알거지가 된 피해자가 자가용을 타고 가면 의심할 수도 있으니까."

　"하여간 꼼꼼해."

　손채림은 혀를 내두르면서 화면으로 시선을 돌렸다.

작은 카메라에 강성태의 모습이 보이고 있었다.

강성태는 구부정하고 피곤한 표정으로 어느 커피숍으로 들어갔다.

그리고 미리 약속한 자리에 앉아서 가장 싸구려 아메리카노 하나를 시켰다.

"과연 걸릴까?"

"보면 알겠지."

어차피 안 걸려도 그만이다.

ㅡ수강헌 씨?

스피커에서 들려오는 목소리.

강성태는 피곤한 표정 그대로, 눈을 크게 뜨고 고개를 들었다.

검은 정장을 입은 시커먼 남자 둘이 서 있었다.

ㅡ오셨습니까?

강성태, 아니 수강헌은 일어나지도 않고 대답했다.

그러나 남자들은 익숙한 듯 커피를 추가로 시키고는 자리에 앉았다.

-그래서, 의뢰할 일이 있다고?
-네. 다 알고 오신 거 아니신가요?

두 남자는 씩 웃었다.

-쉬운 일은 아닐 텐데요?
-선수금으로 2천만 원 드리겠습니다.
-2천만 원?
-네. 저에게 남은 전 재산입니다.

남자들의 얼굴에 미소가 떠올랐다.
상당히 짭짤하다는 생각이 들었을 것이다.

-이야기를 들어 보죠.
-사기를 당했습니다.

구구절절 흘러나오는 수강헌의 이야기.
사기를 당해서 전 재산을 날렸다. 돈이 될 거라 생각해서 회사 돈까지 횡령해서 꼴아박았는데, 그게 사기였다.
전 재산을 날린 것도 부족해서 회사 돈까지 꼴아박았으니, 당장 먹고사는 게 문제가 아니라 횡령으로 잡혀 들어가게 생겼다.

-횡령까지 하신 분이 돈이 어디 있으셔서 우리를 불렀을까?

-한 2억쯤 더 횡령해 봐야 처벌이 뭐 얼마나 더 강해지겠습니까?

-하긴, 이 나라가 그런 쪽으로는 또 관대하신 분들이 많지. 하하하.

화이트칼라 범죄에 관대한 한국이다.

아예 형량이 줄어들지는 않겠지만 2억쯤 추가 횡령한다고 해도 늘어나는 건 고작 6개월 정도일 것이다.

-어차피 막가는 인생입니다.

수강헌의 입에서는 분노가 흘러나왔다.

전 재산을 날렸고 이혼당했다. 이제 경찰의 조사가 진행되고 있는 상황이다.

-내 인생은 끝났지만, 내 인생을 끝장낸 놈을 그냥 두고 볼 수는 없습니다.

-그놈 처벌받았다면서?

-집행유예입니다.

-역시나.

예상했다는 얼굴들이다.

사기꾼에게 실형이 나오는 경우는 그다지 많지 않다.

애초에 실형이 나올 정도의 잡범이라면 자신들을 찾지도 않았을 테고.

웃기지만, 큰 사기꾼일수록 실형이 나올 가능성이 낮아지는 것이 현실이다.

-아까 말했듯이 착수금은 2천입니다. 그놈을 죽이고 나면 2억을 더 드리겠습니다.

두 사람은 약간 당황했다.

예상보다 많이 내걸었기 때문이다.

'그렇겠지.'

정부에서는 인정하지 않고 있지만 이미 한국에는 킬러라는 직업이 있다. 그들은 조용히 사람을 죽여 준다. 그저 일반인들은 그걸 모를 뿐.

'한 명 처리하는 데 4천. 그리고 시체 처리까지 5천.'

그런데 2억이다. 무려 네 배.

노형진은 조폭들의 얼굴에 떠오르는 미소를 놓치지 않았다. 호구를 물었다는 표정이었다.

-그놈이 누군데?
-안종택이라는 사기꾼입니다.

한 명의 얼굴이 살짝 굳었다. 그리고 약간 당황한 듯 되물었다.

–안종택이라고 했나?
–네.
–좀 마르고 날카로운 눈빛에, 안경을 쓰고 다니는?
–아는 사람입니까?
–으음…….

조폭은 곤혹스러운 표정이 되었다.
보아하니 아는 사이인 게 분명했다.

–싫다면 하지 않으셔도 됩니다.

수강헌은 차가운 목소리를 말했다. 그러자 두 사람의 눈도 차갑게 바뀌었다. 애들 장난도 아니고, 갑자기 안 해도 된다니?

–당신들에게만 부탁한 게 아니니까요.
–뭐라고?
–착수금은 드릴 겁니다. 하지만 그놈은, 제가 살려 둘 생각이 없습니다.

수강헌의 눈에서 불길이 활활 피어올랐다.
안종택이 눈앞에 있으면 당장 때려죽일 듯한 모습이었다.

-어차피 전 암에 걸려서 오래 살지도 못하니까요.
-암…….
-누가 그를 죽이든, 잔금은 먼저 죽이는 사람이 가지고 가는 겁니다.
-으음…….

두 조폭의 눈빛이 흔들렸다. 그리고 서로를 바라보았다.

-우리끼리 잠깐 이야기해 보지.
-그러시든지요.

수강헌은 자리를 옮겼다.
그리고 그곳에 남은 두 사람은 낮은 목소리로 서로 대화했다.
하지만 그들은 몰랐다, 그 자리 바로 아래에 마이크가 있다는 사실을.

-어쩌지요, 형님?
-글쎄, 일단 아는 사람이라 좀 찝찝하기는 한데…….
-하지만 이건 작은 건수가 아닙니다. 아시잖아요?
-그건 그렇지.

−그리고 그놈이 우리한테 주는 건 크지 않잖아요.

−그것도 사실이지.

안종택이 보통 의뢰하는 것은 누구를 좀 손봐 달라는, 몇 백만 원짜리 자잘한 것이다.

이것저것 떼고 나면 그다지 남는 것도 없다.

−하지만 아는 사이인데…….

−그러면 이 건을 포기해요?

그러기에는 너무 아까운 건수다.

−더군다나 다른 놈한테도 의뢰한다잖아요? 어차피 죽은 목숨 아 닙니까?

−그건 그렇지. 우리 쪽 애들은 아니겠지?

−그건 모르죠. 하지만 어차피 그 새끼 모가지 날아가는 건 확정된 것 같은데 우리가 뭐가 찝찝하다고 놔둡니까? 그럴 거라면 이 일을 할 이유도 없지요.

−그건 그렇지.

선배라는 작자는 고개를 끄덕거렸다.

실제로 일을 몇 번 부탁받은 것뿐 친한 것도 아니다.

'어르신이 좀 뭐라고 할지도 모르지만……'

어르신을 통해 소개를 받은 거라 그분이 뭐라고 할지도 모른다.

하지만 어르신도 안종택과 사실 그다지 친한 사이는 아닌 듯했다.

하긴, 어르신 입장에서 안종택이야, 그저 통장 잔고 노릇이나 하는 수많은 쪼바리 중 하나일 테니까.

─그러자. 그 새끼, 담가 버리자.

노형진은 미소를 지었다.

"역으로 의뢰를 하다니, 기가 막히는군."

한만우는 생각도 못 했다는 듯 고개를 흔들었다.

"엄밀하게 말하면 역의뢰는 아니죠. 완전히 새로운 의뢰입니다. 의뢰 대상이 기존 의뢰인이기는 하지만."

"자네, 진짜 머리가 좋군."

물론 역으로 양민하가 의뢰할 수도 있다.

하지만 양민하는 그럴 성격도 아니거니와, 그랬다가 약점이 잡힐 수도 있다.

그런 만큼 그녀가 직접 역으로 의뢰하는 건 좋은 생각이 아니다.

"안종택은 전과가 많은 사기꾼이지요. 그 피해자 중 한 명이 의뢰했다고 하면 의심할 건 없습니다."

설사 그들이 의뢰인에 대해 조사한다고 해도 나오는 것은 없다.

진짜 있는 피해자 중 한 명이니까.

물론 그는 이번 일에 대해 전혀 모른다.

그는 사기 피해를 당하고 나서 낙향해서 살고 있으니까.

"그런데 왜 다른 사람들에게도 의뢰를 맡겼다고 이야기한 건가?"

"그놈들은 상도덕이 없지 않습니까? 사실 돈 자체만 보면 안종택이 피해자보다 더 많지요. 그놈들이 안종택에게 꼰지르고, 돈을 더 주면 피해자를 죽여 주겠다고 할 수도 있으니까요."

"그렇군. 내가 그 부분은 간과했군."

하지만 다른 사람들에게도 의뢰했다고 하면, 그들이 안종택에게 이야기해서 역으로 의뢰받으려고 해도 어차피 안종택은 죽을 것이다.

그러면 그들은 안종택에게서 돈을 받지 못할 가능성이 높아진다.

"그리고 한국에서 킬러 운영하는 놈들이 동네 그저 그런 놈들은 아닐 테니까요."

경찰에 신고해 봐야, 경찰은 시체가 나오기 전에는 움직이지 않는다.

그건 협박을 일삼는 안종택이 누구보다 잘 알 것이다.

그러면 상황을 알게 된 안종택은 과연 누구에게 자신을 지켜 달라고 할까?

"일천파에 이야기하겠군."

"네. 하지만 상대방은 킬러를 운영하는 조직입니다. 그런데 안종택에게 의뢰를 받아서 그를 지키다 보면 일이 커지지요."

킬러라는 게 쉽게 만들어지는 게 아니다.

사람을 죽이고도 눈도 깜짝하지 않는 놈들이어야 하는데, 그런 사람은 흔하지 않다.

거기에다 그 뒤에 있던 것도 모조리 지워야 하고 말이다.

그리고 킬러가 되면 사소한 것 하나도 통제된 삶을 살아야 한다.

캔 주스 하나 먹어도 지문이 남고, 머리 한 번 감아도 유전자가 남는다.

그리고 현대 과학기술은 그것만으로 충분히 추적하고도 남는다.

"항쟁이라……. 그렇군. 고작 사기꾼 하나 때문에 항쟁할 생각은 없겠지."

그러면 그 상황에서 남은 것은 단 두 가지다.

손을 털거나, 자신들이 의뢰를 받거나.

둘 중 이익이 되는 것은 의뢰를 받아들이는 것.

"멍청한 놈. 자기 꾀에 자기가 빠졌구먼."

안종택의 미래에, 한만우는 크게 웃었다.

"그러면 이제 그냥 있으면 되나? 이제 협박은 못 하는 거야?"

옆에 있던 손채림이 갸웃하며 물어 왔다.

"그렇겠지. 하지만 그게 우리의 의뢰 내용은 아니잖아?"

"응?"

"우리의 의뢰 내용은 돈을 찾는 거야, 협박을 멈추는 게 아니고."

"아⋯⋯."

양민하를 지키려고 하는 이유는, 그녀가 안종택을 쳐 내면 돈을 돌려주겠다고 약속했기 때문이다.

그러니 더 이상 그가 협박을 못 하게 되었다고 해서 멈출 수는 없다.

"애초에 안종택 같은 인간은, 남을 시킬 수 없다면 자신이 스스로 움직일 수 있는 인간이라고."

"그러면 어쩌려고?"

"어쩌긴. 죽여야지."

손채림의 얼굴이 핼쑥해졌다.

안종택은 요즘 기분이 이상했다.

누군가가 자신을 집요하게 따라다니는 듯한 느낌 때문이었다.

'뭐지?'

그는 전과가 많은 사기꾼이다. 그래서 자신을 따라다니는 사람들의 종류를 잘 안다.

경찰, 아니면 피해자.

그런데 지금 따라다니는 사람은 어느 쪽도 아니었다.

피해자라면 벌써 멱살을 잡고 돈 내놓으라면서 울부짖었어야 정상이다.

경찰이라면?

자신뿐만 아니라 자신이 흘린 모든 흔적을 감시해야 한다.

그런데 지금 따라다니는 눈빛은 오로지 자신만을 향하고 있다.

'뭐야?'

아마 다른 사람들이라면 몰랐을 것이다.

하지만 그는 오랫동안 사기를 쳐 와서, 사람들에게 추적당하는 것을 예민하게 받아들이는 편이었다.

"으음……."

안종택은 신음을 흘리면서 쇼윈도를 바라보았다.

길 너머 저쪽, 한 남자가 자신을 바라보고 있었다.

'뭐지?'

남자를 확인한 안종택은 지금 상황이 더 이해가 가지 않았다.

스치듯 봤으나 알고 있는 사람이다.

일천파에 속한, 장애가 있는 자신의 처남을 폭행했던 사람인 것이다.

'어째서?'

자신을 바라보다가 왠지 슬쩍 시선을 돌려서 인파 속으로 사라지는 남자.

'이건 일이 틀어졌다는 뜻이야.'

안종택은 침을 꿀꺽 삼켰다. 그리고 황급히 그곳을 떠났다.

물론 일천파가 그와 친분이 있고 이런저런 이야기도 하는 곳이라고 하지만…….

'그건 어디까지나 일에 관한 거지.'

더군다나 자신을 따라다닐 이유가 없는 사람들이니.

'아무래도 당분간은 조심해야겠어.'

왠지 모를 공포감에, 안종택은 걸음을 서둘렀다. 당장 짐을 싸서 해외로 뜰 생각이었다.

주변을 조심하면서 자신의 집으로 향하던 안종택.

막 코너를 도는 순간이었다.

끼이익!

요란한 파열음을 내면서 멈춰 서는 한 대의 봉고.

그 봉고에서 돌연 사람들이 내리더니 안종택에게 달려들었다.

"야, 실어!"

"으억! 당신들 뭐야!"

안종택은 소리를 버럭 질렀지만 커다란 덩치의 두 사람을 이길 수는 없었고, 결국 강제로 차에 태워졌다.

"밟아!"

조수석에 있는 남자가 소리 지르자 운전사는 급가속을 했고, 차는 순식간에 그곳을 떠났다.

"당신들 뭐야! 지금 뭐 하는…… 허억!"

상황을 받아들이지 못하고 항의하려고 하던 안종택의 눈앞에 시퍼런 칼날이 쑤욱 들어왔다.

"형님, 여기서 담글까요?"

"아서라. 세차하기 힘들다."

"죄송합니다, 형님."

칼을 다시 품에 넣은 남자들은 안종택을 무서운 눈빛으로 노려보았다.

"으으으…… 당신들 뭐야?"

그들을 보면서 벌벌 떠는 안종택.

"뭐 같아? 너도 알잖아? 네가 저지른 일이 있는데 원한이 안 생기겠냐?"

'이런 미친!'

설마 자신에게 사기당한 사람 중 한 명이 청부를 했단 말인가?

물론 말도 안 되는 소리 같기는 하다.

하지만 자신에게 크게 당한 사람이 한두 명도 아니며, 그중에는 길바닥에 나앉은 사람도 상당수 있다.

그러니 그들 중 누가 눈깔이 뒤집어졌는지 알 수 없다.

"여기서 담그면 차 더러워지니까 가서 처리하자. 전화해서 땅 파 두라고 해. 몇 번 쑤시고 묻으면 죽겠지."

"살려 주십시오! 한 번만 살려 주십시오! 잘못했습니다! 죄송합니다! 바르게 살 테니 한 번만……!"

이들이 자신을 죽이려고 왔다는 사실에 안종택은 벌벌 떨면서 빌었다.

하지만 날아오는 것은 차가운 비웃음뿐이었다.

"지랄. 남 죽일 때는 눈물도 안 흘리는 새끼가."

"우리 이야기 같습니다, 형님."

"그러네, 큭큭. 너는 네가 사기 친 새끼가 돈 달라고 할 때 그거 돌려준 적 있어?"

"……."

"조용히 짜져 있어라. 가는 길 편안하게 모실 테니까."

"다시는 안 그러겠습니다! 한 번만…… 제발 한 번만 살려 주십시오!"

"진짜 웃긴다. 이 새끼야, 너 여기서 나가도 못 살아. 일천파에서도 너한테 사람 붙었어, 이 새끼야.”

“네?”

“일천파도 네놈 모가지 따려고 벼르고 있다고. 네 모가지
에 걸린 돈이 2억이야.”

안종택의 얼굴이 사색이 되었다.

2억. 절대 작은 돈이 아니다.

그리고 일천파가 노린다는 것은……

‘배신인가?’

아니, 배신이라고 하기도 애매하다.

같이 일하는 것도 아니고, 몇 건 처리해 준 것뿐이다.

그런데 만약 누군가 2억의 현상금을 걸고 자신의 목을 따
달라고 의뢰한다면?

아무리 일천파가 자신과 아는 사이라고 해도 그 의뢰를 거
절할 리 없다.

애초에, 자신도 사기를 칠 때 아는 사람을 우선적으로 노
리지 않았던가?

“으으으…….”

“그냥 조용히 뒈져. 일천파뿐만 아니라 여기저기 네 모가
지 노리는 애들 많아. 먼저 먹는 놈이 임자이지만.”

“으으으…… 제발 살려 주십시오! 그 돈, 제가 드리겠습니
다! 제발…… 두 배, 아니 세 배…… 아니! 전 재산을 다 드릴
테니까…… 제발 목숨만은……!”

이것이 법이다

미래가 어떻게 되든, 지금은 살아야 하지 않겠는가?

안종택은 살기 위해 두 손 모아 싹싹 빌었다.

하지만 그를 납치한 사람들은 눈도 깜짝하지 않았다.

"아, 쌍. 개새끼, 졸라 말 많네. 우리가 병신이냐? 상도덕도 없이 너를 왜 살려 줘? 그리고 놔주면 네가 입 나불거릴 게 뻔한데, 우리가 미쳤냐?"

"안 그러겠습니다! 절대 입 안 열겠습니다! 제발 살려 주십시오!"

눈물 콧물 줄줄 흘리면서 비는 안종택.

"야, 저 쌍노무 새끼 아가리에 뭐 좀 물려라. 나불거려서 귀 따거워 죽겠네."

"네, 형님."

"읍읍!"

일어나서 자신에게 재갈을 물리는 조폭.

안종택이 공포에 부들부들 떠는 그때였다.

쾅!

갑자기 요란한 소리가 나면서 차가 빙글빙글 돌았다.

"어어?"

"으아아악!"

차가 갑자기 회전하자 조폭들은 사방에 부딪히며 나동그라졌다.

오로지 바닥에 강제로 깔려 있던 안종택만이 자세가 안정

적이라서 움직이지 않았다.

"으으으."

부딪혀서 그런지 정신을 차리지 못하고 신음하는 조폭들.

그리고 바깥에서 들리는 목소리.

"어머, 오빠! 이게 뭐야?"

"아, 씨발. 사고 크게 쳤네."

"오빠, 이 사람들 봐."

"헉, 씨발!"

입고 있는 옷도 그렇고 바닥에 칼도 그렇고, 딱 봐도 일반인은 아니다.

거기에다 입에 재갈이 물린 남자까지.

"아…… 음, 씨발……."

사고를 친 남자의 입에서는 더 이상 아무 소리도 나오지 않았다. 지금 상황을 보고 누가 무슨 말을 할 수 있겠는가?

"어…… 염병. 야, 이거 블박 없지?"

"어? 어?"

"블박 말이야! 블박!"

"어…… 없어!"

"튀자, 씨발!"

보아하니 뺑소니를 할 모양이었다.

사실 당연하다면 당연한 일이다.

누가 봐도 이 남자들은 조폭이고, 칼 들고 누구 하나 담가 버릴 준비를 하고 있었다.

그런데 여기서 잡히면, 증거인멸 차원에서도 추후 그와 여자를 살려 두지 않을 게 뻔했다.

"오…… 오빠!"

"야! 빨리 타! 죽고 싶어?"

남자는 여자를 강제로 스포츠카에 태우고 급가속으로 빠져나갔다.

"으으으…… ."

그러는 사이에도 기절한 조폭들은 일어날 생각을 하지 못했다.

'기회다.'

안종택은 눈을 까뒤집고 튀어 나갔다.

이대로 여기에 계속 있으면 죽는다는 생각에, 그는 차에서 뛰어내리자마자 반대쪽으로 미친 듯이 달려갔다.

그리고 그가 시야에서 사라지자 멋진 스포츠카가 돌아와서 차 앞에 섰다.

"다들 수고하셨습니다."

"끄응…… 이거, 파스 좀 붙여야겠는데요?"

"부딪히셨나요?"

"살짝요."

사실 이 모든 게 다 준비된 것이었다.

차가 돌아가는 것도, 그 순간 안종택을 납치한 조폭들은

서 있다가 충격을 견디지 못해 나동그라지는 것도.

그래서 겉으로는 크게 다친 것 같지만 애초에 알고 있었으니 대비한 덕에 얼마 다치지는 않았다.

"꽁지에 불붙은 것처럼 달아났네요."

"그래야지요, 하하하."

"그래서, 오빠라고 하니까 좋아, 오빠?"

손채림이 노형진에게 다가가서 옆구리를 슬쩍 찌르면서 물었다.

"오빠아."

"이야…… 완전 좋다. 왜 사람들이 '오빠야.'라고 하면 눈 돌아가는지 알겠네. 다음부터 오빠라고 불러…… 끄억!"

쓸데없는 소리 하다가 손채림에게 꼬집히는 노형진을 보면서 고문학은 피식 웃었다.

"그나저나 이제 인생 끝났네요."

"그렇겠지요."

자신의 목숨에 현상금이 걸렸다는 것을 알고 있으니 아마 미쳐 버릴 기분일 것이다.

"자, 다음 일을 시작하지요, 후후후."

⚖

"으으으……."

안종택은 집으로 가지 못했다.

자신의 목에 붙은 현상금 2억.

그 돈 때문에 사방에서 자신을 노린다는 생각이 들었기 때문이다.

결국 그가 택한 길은 허름한 여인숙을 전전하는 것이었다.

혹시나 누군가 알아볼까 봐 사람이 많은 곳은 가지도 못했다.

당연히 밥을 먹는 것도 곤혹스러웠다.

"실례합니다."

하지만 아무리 인적 없는 곳을 골라 다닌다 해도 아무도 마주치지 않을 수는 없는 노릇.

좁은 골목을 걷던 그의 맞은편에서 어떤 여자가 걸어왔다.

여자는 퀭한 눈빛으로 걸어가는 안종택을 이상한 듯 바라보다가 무심하게 스치고 지나갔다.

안종택 역시 무심한 듯 그녀를 스치고 지나갔다.

그리고…….

"어머, 뭐 하는 거예욧!"

날카로운 여자의 목소리에, 안종택은 무심결에 고개를 돌렸다.

예의 여자와 어떤 남자가 부딪힌 모양이었다.

사람이 잘 다니지 않는 좁은 골목이니 그럴 수도 있는 일이다.

문제는 그 아래였다.

"허억!"

부딪히면서 떨어진 것인지, 서슬 퍼런 회칼 하나가 바닥을 나뒹굴고 있었다.

그리고 남자의 말도 심상치 않았다.

"니미 씨발! 잡아!"

"꺄악!"

갑자기 어디선가 회칼을 든 남자들이 튀어나와 좁은 골목을 가득 메운 채 달려오기 시작했다.

"으아아아!"

안종택은 걸음아, 날 살려라 하고 골목 출구를 향해 돌진했다.

다행히(?) 그를 쫓던 남자들은 그가 골목 밖으로 튀어 나간 순간 더 이상 따라오지 않았다.

그리고 원래 있던 자리로 돌아온 남자들.

"이쯤 되면 거의 미치겠는데요?"

"그렇겠지."

뒤에 있던 고문학은 피식 웃으며 말했다.

"이제 슬슬 떡밥을 물을 때가 되었단 말이지, 흐흐흐."

⚖

"으으으······."

안종택은 살아도 사는 게 아니었다.

퀭한 얼굴로, 사람들을 두려운 듯 바라볼 뿐이었다.

그 누구와 연락도 하지 못하고, 그저 숨어 지낼 뿐.

그런 그에게 전화가 온 것은 얼마 지나지 않은 밤이었다.

ㅡ여, 안 선생. 요즘 어떻게 지내나?

전화기 너머에서 들리는 목소리.

그 목소리에 안종택은 흠칫했다.

"박 팀장님…… 오랜만입니다."

ㅡ요즘 얼마나 바쁘시기에 이리 연락이 없어? 하하하.

박 팀장이라 불리는 남자.

사실 이름은 모른다.

하지만 그가 누군지는 안다. 청부 쪽을 담당하는 사람이니까.

"좀 바빴습니다. 그런데…… 어쩐 일로……?"

조심스럽게 물어보는 안종택.

박 팀장은 별거 아니라는 듯 말했다.

ㅡ별일이야 있나. 그냥 오랜만에 소주 한잔하자는 거지.
근래 소식도 들을 겸.

안종택은 소름이 돋았다.

지금까지 박 팀장이 사적으로 그에게 연락한 적은 단 한
번도 없다. 그래서는 안 되는 사이이기도 하고.

그런데 뜬금없이 술을 같이 먹자고?

'어째서…… 아!'

생각은 길지 않았다.

그에게 걸려 있는 현상금. 그리고 일천파에도 걸려 있는 의뢰.

'씨벌⋯⋯.'

그는 그곳에서 도망친 후 집에도 안 갔다.

원래 핸드폰도 버렸다. 추적당할까 봐 두려워서였다.

지금 가지고 있는 핸드폰은 의뢰할 때 썼던 비상용 대포폰이다.

박 팀장이야 의뢰를 받았던 사람이니 당연히 대포폰의 존재를 알 테고.

'뻔하게 알면서, 소주나 한잔하자고?'

상황 다 알면서 대포폰으로 전화해서 태평하게 술을 마시자고?

"박 팀장님은 요새 어떠신가요?"

─나야 뭐 여전하지. 그나저나 바쁘다고? 그럼 내가 그쪽으로 가고. 요새 어디에 주로 있나?

"그건⋯⋯ 제가 좀 곤란해서요."

박 팀장은 집요하게 거처를 물어 왔지만 안종택은 최대한 말을 돌렸다. 그러자 박 팀장은 은근히 말을 다른 쪽으로 돌렸다.

─요즘 힘든 것 같은데, 우리 사이에 도움을 주고받을 수 있잖아? 무슨 일인지 모르겠지만 내 도와줌세. 이야기 한번 해 보자고.

다음 순간, 안종택은 전화를 황급하게 끊었다.

"으으으으……."

그는 들을 수 있었다, 수화기 너머, 희미하게 울려오던 차가운 목소리를.

─자리 봐 둘까요, 형님?

과연 그 자리가 술자리일까? 그럴 것 같지 않았다.

"당장 이곳에서 떠나야 해."

그는 다급하게 바깥으로 나왔다.

의심은 끝이 없는 법이다.

방금 통화를 통해 자신을 추적할 수도 있다는 터무니없는 생각에, 그는 다급하게 그곳을 벗어나려고 했다.

하지만 방을 나섰을 때, 그는 그대로 얼어붙어 버렸다.

'안종택은 ○○ 여인숙에 있습니다.'라고 쓰인 수많은 벽보들이 찬 바람에 휘날리고 있었던 것이다.

누군지 모르지만 자신을 추적하고 있다.

그런데 자신의 소재가 다른 킬러들에게 알려진다면…….

"으아아아!"

안종택는 미친 듯이 달려갔다.

주변에 있는 모두가 자신을 죽이려는 것 같았다.

아이러니하게도 이 상황에서 자신을 지켜 줄 사람은 단 한 명밖에 생각나지 않았다.

"경찰! 경찰!"

그는 경찰서로 뛰어들어 가면서 소리를 질렀다.

"나를 지켜 줘요! 제발!"

"자수?"

"그래."

안종택은 결국 자수했다.

아니, 자수'당했다'.

"그 상황에서 보호받는 방법은 그것뿐이거든."

"하긴, 경찰이야 뻔하지."

지켜 달라고 아무리 애걸복걸해도 경찰이야 방법이 없다고 할 뿐이다. 기껏해야 순찰을 늘리는 정도.

그렇다면 안전하게 자신을 보호하는 방법은 무엇일까?

"결국 자수뿐이지."

감옥에 가면 목숨을 지킬 수 있다.

감옥에서는 한정된 사람들만 만난다.

물론 감옥에서도 죽이려고 하면 죽일 수 있지만, 그건 그렇게 쉽지 않다.

"거기서 자신의 죄를 모조리 불어 버렸다고 하더라고."

자신이 지금까지 감춘 돈 그리고 피해자들과 관련된 협박까지. 형량을 최대한 늘리기 위해 그는 자신의 모든 죄를 까발렸다.

"이제는 자연스러운 거지."

양민하는 애초에 그 돈에 욕심이 없었다. 안종택의 협박이 무서웠을 뿐이다. 하지만 안종택이 먼저 입을 열었으니 그 돈을 돌려주고 남은 돈으로 살아가면 된다.

많지는 않겠지만, 부족하지도 않을 것이다.

"결국 돈을 되찾았네."

"그래."

물론 쉬운 것은 아니었지만.

"그나저나 안종택이 나오면 죽는 거 아냐?"

"아닐걸."

"응?"

"지금 안종택은 검사에게 최대 형량을 요구하고 있어."

그러면 아무리 못해도 5년이다.

물론 일사부재리에 따라 기존에 처벌받았던 사기에 대해서까지 다시 처벌받지는 못하겠지만, 협박과 폭행 등 다른 범죄가 쌓이고 쌓였다.

"애초에 그래서 내가 암을 언급했잖아."

"암? 아아!"

아무리 일천파라고 할지라도 감옥에 있는 사람을 죽일 수는 없다. 그리고 안종택이 감옥에서 나올 때쯤이면, 의뢰인은 이미 죽었을 가능성이 높다.

"그러면 과연 일천파가 죽이려고 할까?"

"할 리 없지."

돈도 안 되는 일인 데다가, 죽이면 자신들이 검찰의 주요 타깃이 될 게 뻔하다, 안종택이 미주알고주알 다 까발려 놨을 테니.

"결국 그들은 안종택을 못 죽여."

"안종택도 인생은 끝장났고 말이지?"

"그래. 그는 의뢰인이 암인 걸 모르니까."

형을 마치고 사회로 나온 후에도, 그는 언제 킬러가 찾아올까 두려움에 떨 것이다.

살아도 사는 게 아닌 상황.

"이번에도 이겼네."

"그렇기는 하지."

노형진은 고개를 끄덕거렸다.

하지만 여전히 고민은 남아 있었다.

"일천파라……."

좋은 일에서 시작한 조폭의 양성화 프로그램이 본의 아니게 최악의 범죄 집단을 만들어 냈다.

"끄응…… 그들을 어떻게 처리할지…… 그게 문제네."

역시 악과 정의의 싸움은 영원한 숙제인 것 같다는 생각에 노형진은 고개를 흔들 수밖에 없었다.

스승의 그림자도 밟지 마라?

  조폭의 문제를 해결하는 것은 노형진 개인의 힘으로 되는
게 아니다.

  더군다나 정치인까지 연결된 조직이라면 더더욱 말이다.

  "당분간은 두고 보는 수밖에 없겠네."

  송정한도 방법이 없다는 듯 말했다.

  "그 정도인가요?"

  "그래."

  "으음……."

  "내가 봐도 그래."

  김성식 변호사 역시 노형진의 마음을 안다는 듯 안타깝게
말했다.

"최악의 집단이라고 해야 하나. 머리와 몸통이 최악으로 결합했네."

"최악의 집단요? 머리와 몸통이라니요?"

노형진은 고개를 갸웃했다.

최악이라고 해 봐야 결국 양성화에 적응하지 못한 범죄자들이 만든 조직이 아닌가?

양성화 이후 그들이 하는 일은 복잡하고 어려운 것이 아니다.

무대를 설치하고 좌석을 배치하는 등, 사실 육체적인 노동이 대부분이었다.

상식적으로 그런 간단한 직업조차도 소화하지 못할 정도의 능력으로 할 수 있는 것은 별로 없다.

하지만 노형진은 자신이 방금 한 생각이 어딘가 맞지 않는다는 사실을 알아차렸다.

'그런 병신 같은 놈들이 어떻게 정치권에 선이 닿은 거지?'

정치권에 선을 만드는 건 상당히 위험한 행위다.

일부 정치인들이 정치 깡패를 동원하는 거야 공공연한 비밀이기는 하지만, 비밀이라는 말이 붙은 것은 그만큼 은밀하게 이루어지기 때문이다.

심증은 있지만 물증은 없는 그런 일이랄까?

'그런데 그러한 일반적인 일에도 적응 못 하는 놈들이 정치권과 선을 만든다고?'

더군다나 일천파는 생긴 지 오래되지 않았다.

도태되고 퇴출된 놈들이 뭉쳐서 만들어진 조직이다.

그런 조직을 정치권이 쉽게 받아들인다? 그건 말이 안 된다.

'그놈들이 어떤 놈들인데.'

수십억씩 뇌물을 받고도 만의 하나 들킬 경우 보좌관이 받았다고 발뺌을 하기 위해 철저하게 준비해 두는 놈들이다.

그런 놈들이 어중이떠중이와 그렇게 쉽게 손을 잡을 리 없다.

"제가 모르는 게 있군요."

"그래."

김성식의 말에 모두의 시선이 그에게 쏠렸다.

그는 대검찰청 중수부장 출신이다. 그러니 일반 변호사들은 모르는 다른 정보들을 접할 기회가 많다.

"후배들에게 좀 알아봤네. 그런데 청계의 잔당이 위에 있더군."

"청계."

노형진은 눈을 찌푸렸다.

법무 법인 청계.

노형진의 적이었고, 결국 노형진이 무너트린 회사다.

그들은 정치인들과 부자들을 위해 범죄를 설계해 주고 그걸 약점 삼아서 그들과 아주 긴밀한 관계를 맺었다.

"그들의 대표는 감옥으로 갔지만, 모두가 잡혀간 건 아니지."

송정한은 고개를 끄덕거렸다.

"대부분 배척당해서 로펌에 들어가지는 못해 개인 변호사를 하고 있는 것으로 알고 있네."

"설마……."

"그들로서는 기회였던 거지."

"으음……."

다들 얼굴이 어두워졌다.

그들은 정치권에 다시 손대고 싶은 마음이 굴뚝같았을 것이다.

하지만 로펌은 날아가고 인생은 나락으로 떨어졌다.

힘없는 그들에게 도움이 될 것은 없었다, 지금까지는.

"정치권 쪽도 마찬가지일 테고."

그들은 청계와 불법적인 행위를 통해 소위 말하는 꿀을 빨았을 것이다.

그런데 청계가 갑자기 사라졌다.

잇몸이 없으면 이가 시린 법.

불법적으로 정적을 제거하고 자기 마음대로 움직이던 그들 입장에서는, 불만이 가득해질 수밖에 없었을 것이다.

"그들이 결탁했다는 겁니까?"

"그래. 그들이 어떻게 만났는지는 알 수 없지만 말일세."

"으음……."

신음을 내는 사람들.

지금까지 그 가능성을 미처 생각하지 못했던 노형진이 고개를 흔들며 입을 열었다.

"대충은 예상이 갑니다."

"예상이 간다고?"

"네. 조직에서도 막장 취급받으며 적응도 못 하고 퇴출된 놈들입니다. 하지만 설계 전문인 청계 입장에서는, 어찌 되었든 실제로 일을 해 줄 사람이 필요했겠죠."

"아……."

청계는 어디까지나 설계 전문일 뿐, 실행을 해 줄 제삼자가 필요하다.

그런데 청계의 설계에 따라 일을 해 줄 사람이라면 상당히 막장이어야 할 가능성이 높다.

"결국 끼리끼리 뭉쳤다 이건가?"

"그럴 겁니다."

속칭 시다바리나 하던 깡패들 입장에서는, 청계와 손잡으면 최소한 중간 간부는 할 수 있고 공식적으로는 최상위 라인에 포진할 수 있다.

또한 청계 입장에서는, 자신들을 드러내지 않은 채로 폭력 조직과 손잡고 과거에 했던 일을 다시 할 수 있게 된다.

정치인의 입장에서는, 자신의 가려운 곳을 긁어 주던 자들이 다시 활동할 수 있게 되니 좋고.

"어쩐지 이상하더라니."

무태식은 탄식하면서 고개를 푹 숙였다.

"생긴 지 채 1년도 안 된 놈들이 세력을 무서울 정도로 키운다 했습니다."

"비호가 있었겠지요."

사람들은 잘 모르지만, 우리나라 경찰이 무능하긴 하나 아예 노는 것도 아니다. 특히나 관내 폭력 조직에 관해서는 상당히 잘 파악하는 편이다.

그럴 수밖에 없는 게, 폭력 조직의 항쟁은 터지면 이만저만 큰일이 아닌 데다가 잘못 방치하면 시말서 정도로는 끝나지 않기 때문이다.

심지어 단순히 몰려다니는 것만으로도 일단 폭력 조직으로 보고 조사하는 경우도 있다.

"그런데 일천파는 통제하는 경찰이 없다는 건……."

"배후가 있다는 뜻이겠지요."

한만우의 조직은 전국적인 규모이기는 하지만 양성화를 하는 중이다.

그리고 경찰 조직과 은밀하게 손잡고 정보도 제공하고 있다. 그러니 경찰이 방치하는 것이다.

하지만 일천파는 아니다.

"아무래도 심각한 문제가 되겠군요."

만일 일천파와 한만우가 충돌하게 된다면?

경찰이 누구 편을 들어 줄지는 뻔하다.

그리고 이미 조폭으로서의 독기를 상당수 잃어버린 한만우의 조직은 이기기 힘들 테고.

"당분간은 그쪽을 조심해야 할 걸세."

"청계의 누가 그들과 손잡았는지 알 수 있나요?"

"아니, 전혀. 아무래도 자네에게 당한 게 상당히 거슬리는 모양이야. 철저하게 점조직으로 움직이고 있는 듯하네."

"하긴, 그들이 뭉치면 사람들이 의심하기는 하겠지요."

범죄 설계를 하던 청계 출신들이 다시 뭉치기 시작하면 사람들의 관심이 쏠릴 수밖에 없다.

그러니 점조직으로 움직이면서 활동하려고 한다는 것이다.

'망할.'

점조직은 박멸하는 게 쉽지 않다.

더군다나 청계는 상당한 규모를 자랑하던 곳이다.

그중 누가 일천파와 손잡고 움직이고 있는지 알 수가 없었다.

'물론 일반 변호사는 아니겠지만.'

그렇다고 해도 변수가 너무 많다.

"당분간은, 이쪽은 우리가 손댈 수 없네. 그러니 방치하는 수밖에."

김성식의 말에 다들 고개를 끄덕거릴 수밖에 없었다.

아무리 정의를 외치고 약자를 보호한다고 해도, 자신들은 변호사다.

의뢰도 없이 움직이는 데에는 한계가 있고, 설사 아니라고 해도 자신들이 사법권을 가진 것은 아니다.

"그건 일단 두고 보는 걸로 하고. 무태식 변호사, 노 변호사에게 부탁이 있다고 하지 않았나?"

"아…… 그게요."

무태식 변호사는 곤혹스러운 듯 커다란 손으로 뒤통수를 벅벅 긁었다.

"제가 좀, 처리하기가 곤란한 사건이 있어서요."

"곤란한 사건요? 무태식 변호사님이요? 의외네요."

생긴 건 딱 조선 시대 산적 두목 같은 무태식이지만 능력만큼은 새론에서도 알아주는 사람이다.

한데 그런 그가 해결하기 쉽지 않다?

"정치적인 사건입니까? 아니면 은밀한 범죄? 혹시 연쇄살인이나 감춰진 범죄? 사이코패스?"

노형진이 나열하는 항목이 길어질수록 점점 땅으로 향하는 무태식 변호사의 고개.

결국 바닥과 박치기하기 직전, 그는 힘겹게 입을 열었다.

"촌지입니다."

"촌지? 잠깐, 촌지요? 뇌물 수수 말씀하시는 거죠?"

"아, 뭐…… 그것도 뇌물이기는 한데……. 아…… 음…… 그냥 촌지요."

"촌지라 하시면……."

촌지.

학생의 부모가 선생에게 주는 뇌물.

"그게 어렵다고요?"

"어렵더라고요. 물론 소송으로 막나가면 좋은데……."

"그런데요?"

"학생한테 피해를 주지 않을 방법을 찾다 보니……."

"좀 특수한 상황인가 보군요."

"사실은…… 네, 그렇습니다."

무태식은 고개를 끄덕거리면서 말했다.

"정식으로 들어온 건 아니고, 아는 형님이 부탁한 사건이라 죄송스럽기는 한데……."

"무태식 변호사님도 제 개인적 사건을 도와주시는데요, 뭘. 정확히 무슨 일인 건가요?"

"형님의 딸의 친구가 반장에서 잘렸다네요."

"네?"

노형진은 도무지 이해가 안 갔다.

멀다 못해서 거의 상관없는 수준이 아닌가?

"아, 그 형님이 정의감이 좀 남달라요. 딸한테 더러운 꼴 안 보이시겠다고……."

"아, 그럴 수도 있겠네요. 아무튼 자세한 이야기를 좀 해 주시겠어요?"

"그게 어떻게 된 거냐면요."

친구의 딸, 다시 말해 피해자는 학교에서 인기가 많은 학생이다.

교우 관계도 좋고 리더십도 뛰어나다. 운동신경이 좋아서 학교에 있는 체조반에서도 촉망받는 인재다.

공부에는 관심이 별로 없어서 성적이 좋은 편은 아니지만.

"그런데요?"

"그런데 반장 선거를 하고 나서 그게 문제가 되었답니다."

반장 선거에 피해자가 출마했다.

성적 말고는 빠지는 게 없으니 선거에서 압도적인 표 차로 그녀가 반장이 되었다.

문제는 그 후에 담임이라는 인간이 한 행동이었다.

"너 따위가 무슨 반장을 하냐고 했다네요."

"너 따위? 고작 중 3한테요?"

"네."

"그놈, 미친놈 아닙니까?"

"그러니까요."

담임은 너 따위가 반장을 해서 뭐 하느냐고 하면서 그녀를 잘랐다고 한다.

그리고 자기 반의 1등을 반장으로 선임했다는 것이다.

"도대체 왜요?"

"아무래도 아버지가 문제인 것 같아요."

"아버지?"

"그 아이의 아버지가 운전기사거든요."

어머니는 일찍 돌아가시고, 이후 아버지는 마을버스 운전기사로 일하며 혼자 그녀를 키우고 있다.

그러니 터무니없이 얕잡아 보였을 것이다.

"그에 반해 1등 하는 애는……."

"안 봐도 뻔하네요."

요즘 시대에, 성적은 재산 순위다.

과거에는 행복이 성적순이 아니라고 했지만, 요즘은 돈만 있다면 성적을 만들어 낼 수 있다.

과외를 하든, 뇌물을 주고 성적을 고치든.

어떤 범죄자는 돈도 실력이라고 대놓고 말하기도 했다.

"힘이 좀 있겠군요."

"네, 지역 유지의 아들이랍니다. 당연히 돈도 많고요."

"허, 참."

듣고 있던 송정한은 어이가 없는 듯 혀를 끌끌 찼다.

어른도 아니고, 고작 중 3짜리 애들한테 정치질이라니.

"아이가 그 후에 충격을 받았답니다. 그러자 형님이 그걸 아시고 발끈한 거죠."

하지만 마을버스 운전기사가 버는 돈이야 뻔하다. 그러니 제대로 대응할 수도 없다.

"항의는 했답니까?"

"해 봤죠. 그런데 학교에서는 그 선생님 편을 들어 준답니다."

"으음……."

"알고 보니까 새로운 반장의 부모가 담임이랑 교장, 교감에게 상당한 선물을 보낸 것 같더라구요."

말이 좋아서 선물이지 결국은 촌지다.

"아니, 도대체 왜 그렇게까지 하는 건가? 난 이해가 안 가는군."

송정한은 고개를 갸웃했다.

자신 때만 해도 반장은 귀찮은 직책이었다.

그래서 누구도 하지 않으려고 했고, 반쯤은 장난삼아서 친구들끼리 추천질하면서 떠넘기는 그런 자리였다.

그런데 스스로 하고 싶어 하고 아이들도 추천한다면, 당연히 시켜야 하는 것 아닌가?

"그게, 저도 몰랐습니다. 그런데 형님 이야기를 들어 보니 이제는 우리가 아는 그런 시대가 아니더라구요."

"우리가 아는 시대가 아니라고?"

"네, 모든 게 점수로 환산된답니다."

반장을 하면 학적부에 그 기록이 남는다. 그리고 대학을 갈 때에도 약간의 가산점이 붙는다.

"대학 보내려고 반장을 한단 말인가?"

"네. 그런데 그뿐만이 아닙니다."

과거의 반장은 선생님을 대신해서 아이들을 통제하고 간단한 심부름을 하는 그런 존재였다.

물론 현재의 반장 역시 그렇다.

바뀐 것은 바로 반장 부모의 책임.

"아이들에게 간식도 사 주고, 학부모회에서 활동하면서

인맥도 쌓아야 하고, 부모들끼리 뭉쳐서 선생님들을 위한 사
은회도 열어야 한다네요."

"사은회?"

"네."

"그거 다 돈이잖습니까?"

"그게 문제죠."

아이들 간식도 결국 부모의 돈이고, 인맥을 쌓는 데에도
돈이 들어간다.

사은회? 그것도 결국 돈이다.

식당 잡고, 선물도 주고, 명절이면 떡값도 줘야 하고.

"결국 자기가 받을 걸 못 받게 될까 봐 자른 거군."

송정한은 불편한 얼굴이 되었다.

선생이라는 작자가 그럴 줄이야.

"제가 봐도 그런 것 같습니다."

피해자는 어머니가 없다. 당연히 학부모회 활동을 하지 못
한다.

아버지는 돈을 벌어야 한다. 그리 많이 버는 것도 아니니
학부모회 회비를 내는 것도 힘들다.

당연히 선생에게 떡고물도 떨어지지 않을 테고.

"그런데 증거가 없단 말이죠. 설사 증거가 있다고 해도,
뭐…… 아시죠?"

"알겠네요."

그런 조직으로 되어 있는 학교에 멀쩡한 선생이 있을 리 없다.

신고해서 처벌을 요구할 수는 있지만, 이런 사건은 처벌이 무척이나 약하다.

"그리고 그 아이에게 불이익이 가겠네요."

"네. 그 아이, 진짜 재능이 있는 아이입니다. 곤봉인가에서 중학교 신기록 타이기록을 가지고 있다고 하더라고요."

"으음."

그런 아이라면 확실히 미래가 밝은 편이다.

"그런데 이런 문제로 찍히면……."

"무슨 뜻인지 알겠습니다."

끼리끼리 뭉친다고 했다.

이런 걸 신고할 경우 아이에게 엄청난 불이익을 줄 수 있는 곳이 바로 학교다.

아이의 학적부에 좋지 않은 이야기가 적힐 건 뻔하다.

그리고 학교에서 운영하는 체조부인 만큼, 철저하게 배제시킬 수 있다.

'아마도 대회 출전권도 박탈하겠지.'

무태식이 걱정하는 바도 바로 그것이었다.

아이의 재능과 능력 그리고 미래와는 상관없이, 자신에게 밉보였다는 것만으로 앞을 가로막으려는 작자들.

"설마 그렇게까지 할까?"

송정한은 믿을 수 없다는 표정이 되었다.

"어찌 되었건 스승 아닌가? 그런데 스승이라는 사람이 과연 그렇게 할까?"

"스승이라고 불릴 만한 사람이 그런 터무니없는 이유로 반장 자리를 빼앗을까요?"

"으음……."

부정할 수 없는 사실이다.

스승이라고 불릴 만한 사람이라면, 애초에 그런 짓을 하지도 않았을 것이다.

"물론 그 안에도 일부 멀쩡한 사람이 있을지도 모릅니다. 하지만 아시지 않습니까? 미쳐 날뛰는 조직에서 살아남는 방법은 하나뿐입니다. 바로 똑같이 미쳐 날뛰는 거죠."

"그런가?"

"네. 들어 보니 무슨 사은회랍시고 접대하고 뇌물 받는 게 공공연한 일인 것 같은데, 그런 걸 그냥 두고 보는 선생들이 그득한 곳에서 뭘 기대합니까?"

"하아, 비참하구먼."

"비참하지요."

노형진은 입맛이 썼다.

옛날에는 스승의 그림자도 밟지 말라고 했다. 그래서 제자들은 스승에 대한 존경을 담아서 행동했고, 그런 스승은 제자들을 존중했다.

"하지만 지금은요? 이런 말 하긴 그렇지만, '스승'은 거의 없습니다. 가르치는 자격증을 딴 기술자만 있을 뿐이에요."

"선생과 스승은 다르다 이건가?"

"네, 다릅니다. 명백하게 다르지요."

스승은 아이의 인성과 지성 그리고 미래를 가르치지만 선생은 그저 성적만을 요구한다.

스승은 아이의 롤 모델이지만 선생은 그저 기술자일 뿐이다.

"이거 참 곤란하군."

"그래서 그런 겁니다. 그곳에서 싸우는 건, 사실 전학 말고는 방법이 없어서요."

"그게 힘든가?"

"불가능합니다."

그 아이는 체조에 재능이 있다. 그런데 전국에 체조를 가르치는 학교는 극히 드물다.

그리고 그나마도 상당히 부자들이 사는 곳이 많다.

"다른 곳으로 이사 가면 체조에 대한 꿈은 포기해야 할 겁니다."

무태식의 말에 다들 침묵을 지켰다.

"조금 무리해서 전학한다면? 찾아보면 아예 없는 건 아닐 텐데."

"그래도 마찬가지입니다."

전학을 간 학교의 교장이나 교감에게 전화 한 통만 해도 불이익을 주는 것이 가능하다.

애초에 선생을 고소하고 전학을 가면, 그쪽에서 피해자를 좋게 볼 가능성은 전무하기도 하고 말이다.

"다들 아시지 않습니까, 체육계에 파벌 싸움이 얼마나 심한지? 전학을 간다고 해도, 같은 파벌에 속해 있는 이상 그놈이 그놈입니다. 전화 한 통만 하면 학생 하나 밟는 건 어려운 게 아닙니다."

"이거 원…… 구정물에서 연꽃 하나 피우려는 꼴이구먼."

"이래서 개천에서 용이 안 난다고 하는 거죠."

재능이 있어도 주변에서 어떻게 해서든 끌어내리려고 아귀다툼을 벌이니까.

"어떻게, 자네가 해 줄 수 있겠나?"

"해 줘야지요."

이건 돈이 안 된다. 하지만 벌어져서는 안 되는 일이다.

"그쪽과 이야기를 해 보기는 하겠습니다만……."

노형진은 입맛을 다셨다.

"크게 기대는 안 되네요."

⚖️

"그래서 억울하다고 하던가요?"

피해자 양채영의 담임이라는 인간은 노현진을 보면서 피

식거렸다.

"꼬우면 고소하세요."

"네?"

"꼬우면 고소하시라고."

분명히 변호사인 것을 밝혔다. 그리고 정중하게 이야기를 했다.

그런데 그의 행동은 터무니없었다.

"내가 뭐 법적으로 잘못한 것도 아니고."

"하지만 아이들이 선택한 반장을 담임선생님께서 그런 식으로 바꾸는 건 교육적으로 바른 행동이 아닌 듯한데요."

"뭔가 착각하시는 것 같은데, 반장 선출은 학교와 선생님의 권한입니다만? 뭐, 교육적 목적 때문에 선거로 뽑기는 하지만, 그건 어디까지나 그 애가 반장으로서 직무에 충실할 수 있을 때의 이야기고."

양채영의 담임인 고한서는 피식거리면서 말했다.

"그걸 판단하는 건 나 아닌가요?"

틀린 말은 아니다.

실제로 과거에는 하기 싫어서 서로 떠넘기다 보니 도무지 능력이 안 되는 애들이 맡기도 했으니까.

"채영 양이 능력이 부족하다고 보이지는 않는데요."

"운동부잖습니까? 방과 후에 날 도와주지 못하잖아요."

'그걸 말이라고 하냐?'

이미 새로이 반장이 된 아이에 대해서도 조사해 봤다.

그 아이는 방과 후에 담임을 도와주기는커녕 칼같이 차를 타고 학원으로 가 버린다.

그에 반해 양채영은 운동을 하기 위해서라도 방과 후에도 교내에 계속 머무르고 있다.

"뭐, 나도 그쪽에서 무슨 말을 하는지 다 알고는 있습니다. 내가 촌지를 받는다는 둥 접대를 받는다는 둥 별의별 소리가 다 나오던데, 증거 있습니까? 애초에 선생님들이 부모님이랑 식사 한번 못 해요? 그래서야 어디 애들을 가르칩니까? 촌지요? 증거 있습니까? 증거도 없이 떠들면 그거 명백하게 명예훼손이에요. 내가 지금 제자를 생각해서 참는 거지, 신고할까 몇 번이나 생각했습니다."

뻔뻔하게 나오는 고한서를 보면서 노형진은 입맛이 썼다.

"자꾸 그러시면 우리도 징계에 회부하는 수밖에 없으니까 그렇게 알고 가세요."

마치 파리를 쫓듯 손을 휘휘 흔드는 고한서의 모습에 노형진은 더 말하는 대신 그냥 나왔다.

어차피 저런 인간에게 말해 봐야 알아듣지도 못할뿐더러 고칠 생각도 없을 테니까.

"저거 미친 거 아냐? 네가 누군지 모르나?"

"모르겠지. 변호사가 누군지 어떻게 알아?"

노형진이 법률계에서는 나름대로 이름을 알린 수준이라고

하지만, 저들이 법률계에 대해 알 리 없다.

그러니 그저 그런 변호사 하나 보낸 것이라 생각했을 것이다.

'저런 놈 때문에라도 김영란법이 빨리 통과되어야지, 원.'

비싼 음식 얻어먹는 걸 천연덕스럽게 식사 한 끼라니.

"진짜 촌지로 신고할 거야?"

"그러고 싶어. 하지만 증거가 없잖아."

촌지를 준 부모들이 신고할 리는 없다.

그렇다고 그가 자신들에게 촌지를 요구하지도 않았다.

애초에 피해자의 부모는 가난해서 돈이 나오지도 못할 걸 알기 때문이다.

"촌지를 받았다는 게 의심스러운 상황이기는 하지만 확정적이지는 않아."

"완전 어이없네."

손채림은 고개를 절레절레 흔들었다.

그런데 저 멀리서 체육관 주변을 청소하는 사람이 보였다.

"어?"

"왜?"

"저거 양채영 아니야?"

"뭐?"

노형진은 다시 고개를 돌려서 확인했다.

진짜로 양채영이었다.

'하지만 어째서……?'

양채영이 체육관 주변을 청소하고 있단 말인가?

"채영아, 지금 뭐 해?"

"아, 변호사님, 안녕하세요."

여기에 오기 전에 간단하게 이야기를 들어 보려고 만난 적이 있어 이미 안면이 있는 양채영은 손채림과 노형진을 보고 고개를 90도로 숙이면서 인사했다.

"그래. 그런데 너 여기서 뭐 해? 그것도 혼자?"

지난번에 듣기로는 그녀는 얼마 후에 있는 도지사배 체육대회에 나가야 한다고 했다. 그러니 방과 후에 열심히 훈련을 해야 한다.

그런데 청소라니?

"코치님이 주변 청소 좀 하고 오래요."

"주변 청소?"

"네. 체육관 주변이 너무 더럽다고……."

말을 하면서 고개를 푹 숙이는 양채영.

그 말을 들은 노형진은 뚜껑이 열렸다.

'이 새끼들이 미쳤나?'

양채영은 금메달이 거의 확실시되는 기대주다.

그런데 시합이 얼마 남지 않아 다들 연습하는데, 혼자서 주변을 청소하라고?

'이건 대놓고 따돌리겠다는 소리 아냐?'

슬며시 올라오는 혈관.

"그리고 뭐라고 했니?"

손채림도 애써 분노를 삼키면서 물었다.

단순히 쓰레기만 주우라고 보냈을 것 같지는 않았던 것이다.

"가서 체조용품 좀 닦으라고…….."

"체조용품?"

"네."

"그런데 그걸 왜 너 혼자서 해?"

"다른 아이들은 실력이 부족해서 연습을 더 해야 하지만 저는 안 해도 금메달을 딸 수 있으니까…….."

'이게 말이야, 방구야?'

세상에 금메달이 확정적인 사람이 어디 있는가?

재능이라는 것은 어디까지나 피나는 연습이 동반되었을 때 꽃을 피우는 것이다.

당장 양채영이 곤봉 부문에서 중학생 타이기록을 가지고 있긴 하지만 바로 아래에 있는 아이와의 점수 차는 단 2점이다.

그 정도면 '아차.' 하는 순간 빼앗길 수 있는 일이다.

'이놈들이…….'

노형진은 체육관 쪽을 바라보았다.

그리고 보았다, 입구에 서 있던 코치라는 인간이 썩소를 지으면서 자신들을 바라보고 있는 것을.

'고의적으로 그런 거군.'

너는 소송을 할 수 있을지 모르지만 우리는 양채영의 미래

이것이 법이다

를 파멸시킬 수 있다는 것을 보여 주기 위해, 고의적으로 훈련에서 빼돌려 여기를 청소시킨 것이다.

그렇지 않다면 딱 맞게 여기서 청소하고 있을 리 없다.

"아오, 저…… 저, 저……."

손채림은 어이가 없어서 부들부들 떨면서 그를 바라보았다.

"저런 게 무슨 선생이라고……!"

그녀는 당장이라도 달려들어서 멱살을 잡고 싶었다.

하지만 양채영이 보고 있어서 차마 욕을 하지도, 달려가지도 못했다.

"후우……."

양채영은 고개를 푹 숙이고 있었다.

중학교 3학년, 그런 것까지 알아채기엔 아직 어리다고 볼 수도 있지만, 요즘 아이들은 눈치가 빠르다. 지금 상황을 이해하지 못할 리 없다.

"그냥 제가 반장 자리 포기할게요. 저 괜찮아요. 반장 자리가 뭐라고요. 전 그냥 체조나 계속하고 싶어요."

양채영은 솔직한 자신의 마음을 말했다.

반장을 하려고 한 것은 아이들과 함께하고 싶어서였다. 그런데 이런 힘든 일이 벌어질 줄은 몰랐다.

"죄송해요……."

"아니다."

이건 법적으로 싸우려고 하면 여러모로 힘들다.

당연히 양채영에게 여러모로 불이익이 가해질 테고.

"그래, 우리가 뭐, 포기해야지."

"형진아?"

"정의감만으로는 할 수 없는 것도 있어."

애초에 이 의뢰는, 맡긴 사람도 양채영과 그 아버지가 아니라 친구의 아버지다.

물론 그들도 억울한 마음에 동의하기는 했지만 말이다.

"물론 끝까지 싸우면 이기겠지. 하지만 그 이후는?"

양채영은 어디로도 가지 못한다.

영영 재능을 꽃피우지 못하는 것이다.

"때로는 눈감아야 하는 부분도 확실히 있어. 이런 말도 있잖아, 똥이 무서워서 피하냐, 더러워서 피하지."

"그건 그런데……."

손채림도 인정할 수밖에 없다. 진짜 싸우려고 들면 이길 수야 있겠지만, 그보다 더 큰 손해를 보게 될 것이다.

"그리고 우리는 변호사야. 의뢰인이 원하는 대로 하는 게 최우선 사항이라고."

"알았어."

노형진은 양채영의 미래를 위해 이 사건을 포기했다.

자신의 자존심보다는 그녀의 미래가 더 중요했기에.

그러나 현실은 그렇게 녹록하지 않았다.

"뭐라고?"

노형진은 손채림에게 소식을 듣고는 자신의 귀를 의심했다.

"선발에서 빠져?"

"응, 지금 채영이 울고불고 난리 났어."

"아니, 왜?"

"실력이 부족하다고 그랬나 봐."

"미친 거 아냐?"

그녀가 실력이 부족할 리 없다.

기록만의 문제가 아니다.

바로 몇 달 전에 소년체전에서 은메달을 땄던 아이다.

불과 몇 달 사이에 실력이 갑자기 바닥으로 떨어질 리 없다.

"상식적으로 말이 안 되잖아. 무슨 가출을 했어, 아니면 사고를 쳤어, 다치기를 했어? 학교 끝나고 나서 하는 거라고는 훈련밖에 없는데!"

"그러니까."

손채림은 억울한 듯 부들부들 떨었다.

"그래서 내가 어이가 없어서 출전자 명단을 확인했거든."

"그런데?"

"1학년짜리가 있더라."

"뭐라?"

1학년짜리가 나간다?

물론 그게 나쁜 건 아니다. 실력이 있다면 나가야지.

"다른 애들은 지금까지 다 출전해 온 애들이야, 그 애만 빼고."

"그래서?"

물론 그 1학년짜리가 진짜 하늘이 내린 천재일 수도 있다. 양채영을 능가하는 그런 천재 말이다.

그러나 상식적으로 그렇다 해도, 아래에서부터 자르고 그 애를 집어넣지 금메달 후보를 자르는 경우는 없다.

"그 애 엄마가 한국체조협회 간사야."

"간사?"

"응."

노형진의 머릿속에 그림이 그려졌다.

사실 그림을 그릴 필요도 없다.

흔하지 않은가? 담임이 뇌물을 받고 라이벌에게 불이익을 주는 것 말이다.

1학년짜리라고 하지만 엄마가 한국체조협회 간사라면 사실상 메달은 확정된 것이나 다름없을 것이다.

그런데 출전권에는 한계가 있다. 나가고 싶다고 해서 다 나갈 수 있는 게 아니다.

그렇지 않으면 개판이 될 테니까.

그러니 결국 누군가를 잘라야 하는데…….

이것이 법이다

"그 대상이 양채영이 된 거군."

"그래."

양채영은 저항할 수 있는 힘이 없다.

지난번 이후로 그것은 확실해졌다.

더군다나 자신들에게 한번 고개를 세웠다.

"이 새끼들이 미쳤군."

노형진은 이를 빠드득 갈았다.

사실 체조에서 선수의 생명은 아주 짧다.

스물세 살만 되어도 체조 선수로는 거의 원로 취급을 받는다.

그렇기에 한창 꽃피우는 시기는 바로 지금부터다.

정확하게는, 고 1 때부터 많이 드러난다.

"그리고 지금은 중 3이지."

판단의 기준이 되는 것이 바로 중 3 때의 성적.

그 성적을 바탕으로 고등학교에서 밀어준다.

지금 도태되면 체조 선수로서의 미래는 끝났다고 봐야 한다.

그런데 지금 선생이라는 작자들이 그 짓거리를 하고 있는 것이다.

"어째서 그렇게까지 하는 거야?"

"그 중 1짜리와 양채영은 고작 두 살 차이야."

"그게 뭐? 어쨌든 언니잖아."

"그래. 하지만 시기로 보면 양채영과 그 1학년짜리는 같은 시기에 활동하지."

노형진은 심호흡하면서 마음을 가다듬었다.

그리고 분노를 속으로 삼키면서 손채림에게 설명해 줬다.

"다시 말해서 양채영이 그 1학년짜리한테는 가장 강력한 라이벌이라는 거야. 아니, 라이벌이라기보다는 벽이지."

부모의 힘으로 어지간한 대회에서는 좋은 성적을 낼 수 있을지 모른다.

하지만 양채영은 그런 게 없어도 뛰어난 실력을 가진 선수.

당연히 비교당할 것이다.

거기에다 학군으로 보면 같은 중학교를 거쳐서 같은 고등학교로 갈 것이다.

체조를 하는 학교는 정해져 있으니까.

"그러면 계속 비교당하겠지."

"잠깐, 그 말은?"

"반장 일이랑 별반 다를 게 없다는 소리야."

양채영이 반장으로 뽑혔지만 가난하다고 못 하게 잘랐다.

그리고 대학에 가려고 하는 다른 아이에게 가산점을 주기 위해 그 아이에게 반장 자리를 넘겼다.

"마찬가지야. 남의 아이, 아니 가진 놈의 자식 앞날을 위해 양채영의 인생을 망치려고 하는 거지."

노형진의 얼굴에 차가운 미소가 떠올랐다.

"그래도 되니까. 그래 왔으니까."

노형진은 태권도협회에서 있었던 사건을 떠올렸다.

재능이 있는 아이에게 터무니없는 페널티를 줘 가며 가진 놈의 자식에게 금메달을 몰아줬던 사건.

그 사건으로 인해 패배한 아이의 아버지는 자괴감을 참지 못하고 자살했고, 천재라 불리던 그 아이는 태권도를 접었다.

그리고 금메달을 가지고 국가 대표까지 올라갔던 '있는 집안' 녀석은 국제 대회에서 메달을 따오기는커녕 예선 탈락만 하다가 조용히 사라졌고.

'결국 태권도 종주국이라는 자긍심은 시궁창에 처박혔지.'

노형진은 피식 웃었다.

"너 왠지 그 미소 무섭다."

"내가 뭘?"

"네가 그렇게 웃을 때마다 떼거리로 죽어 나간 것 같은데?"

"하지만 그럴 만한 놈들이지 않았나?"

"부정은 못 하겠네. 한데 어쩌려고? 어차피 이제 앞이 가로막혔으니 막나가려고? 소송하고 막 그러려고?"

"에이, 그럴 리가 있나."

"그러면? 가서 협박이라도 해?"

"나 그렇게 하수 아니다."

"아니면 기자들한테 까발려?"

"그런다고 저 새끼들이 피해를 입을까? 그때만 시끄럽겠지. 한번 까발려졌다고 바로 바뀌면 천국이게?"

"그러면?"

도무지 방법이 없어 보인다.

저들을 건드리지 않고 어떻게 일을 해결한단 말인가?

"난 그냥 저 새끼들을 병신을 만들 거야."

"병신?"

"응. 아주 천하의 개병신으로 취급당하게 해 주지, 후후후."

노형진은 천천히 핸드폰을 들면서 잔인한 미소를 지었다.

눈 대신 동태 눈깔을 달았네

인천공항.

그곳의 입국장을 기자들이 가득 메우고 있었다.

그들은 하나같이 누군가를 기다리고 있었다.

그리고 입국장의 문이 열리는 순간.

찰칵찰칵!

팡! 팡!

플래시가 터지고 입구에서 금발의 미녀가 늘씬한 몸매를 자랑하면서 들어왔다.

그녀가 누군지 모르는 사람들은 할리우드 연예인인가 하면서 고개를 기웃거리기도 했다.

"지브토바 양! 한국에서 코치직을 제안받은 것이 사실입니까?"

"놀라운 천재를 키운다고 들었는데요."

"지금 수많은 영재들이 지브토바 양의 훈련을 받고 싶어 하는데, 받아들일 생각이 있습니까?"

마리아 지브토바는 기자들의 질문에 대답하지 않았다.

그저 도도하게 자신의 캐리어를 끌고 공항을 나설 뿐이었다.

"난리네, 난리."

"난리가 안 나게 생겼냐?"

기자들은 한마디라도 들어 보려고 노력했지만 그녀는 아무런 말도 하지 않았다.

"저 사람이 누군데?"

경호를 담당하는 직원은 이해가 되지 않았다.

물론 예쁘기는 하다.

하지만 영화광인 자신이 아는 얼굴이 아니다. 그런고로 유명한 연예인은 아니라는 거다.

"넌 경호 대상도 안 알아보고 오냐?"

"뭐, 알아보고 오면 우리 일이 바뀌냐?"

"하긴, 그러네."

"누군데?"

"전설은 아니고 레전드."

"엥? 뭔 말장난이야?"

"진짜 전설은 아니고 레전드급 체조 선수야."

마리아 지브토바. 전설로 통하는 체조 선수.

올림픽 출전 3회에 세 개의 금메달을 따고 3회의 신기록을 달성한, 즉 자기 기록을 자기가 갱신하면서 12년간 군림한 체조계의 여왕.

그것만 해도 어마어마한 재능이다.

그런데 그녀는 선수 은퇴 후 코치로 전향했다. 그리고 키워 낸 세 명의 선수.

그들은 올림픽에서 금메달 두 개와 은메달 한 개를 땄다.

그녀가 손대는 선수는 체조 금메달리스트가 되는 것이다.

"그런 사람이 왜 온 거야?"

"천재를 키우겠다는데?"

"천재?"

"그래."

"그게 뭔 소리래?"

"몰라. 자기 SNS에 그 한마디만 쓰고 한국에 왔어."

그 말은 그녀가 인정한 천재가 한국에 있어서, 그리고 그 사람을 키우기 위해 한국에 왔다는 뜻이다.

"지브토바 씨가 키우려고 하는 선수는 한국 사람인가요?"

지브토바는 가던 걸음을 멈추고 방금 그 질문을 한 기자를 바라보았다.

무슨 멍청한 질문을 하느냐는 표정이었다.

선수가 한국 사람이니까 코치인 내가 한국에 오지 않았겠느냐 하는 표정.

그 표정을 본 기자는 머쓱한 표정을 지었다.

그녀는 기자에게서 마이크를 받았다. 그리고 천천히 입을 열었다.

"나는."

기자들 사이에 침묵이 흘렀다.

"김치 싫어요. 불고기 몰라요. 사랑 안 해요. 연예가전달 안 나가요. 비빔밥 싫어요. 노 탄수화물!"

"……"

기자들은 입을 쩍 벌렸다.

한국에 입국하면 매번 따라오는 질문들.

오죽하면 입국 절차 중 하나가 저런 거라고 비꼴까?

기자들 뒤에 있던 노형진은 그런 그녀의 말에 속으로 키득거렸다.

'코사인 몰라요라고 한마디만 더 했으면 대박이었을 텐데.'

전 세계를 떠들썩하게 만들었던 한국의 가수 코사인.

하지만 애석하게도 아직 코사인은 뜨기 전이었다.

그 말을 마친 지브토바는 밖으로 나가 택시를 타고 그곳을 떠났다. 기자들이 따라가려고 했지만 택시 드라이버가 얼마나 빠른지 따라갈 방법이 없었다.

'자, 그러면 움직여 볼까?'

노형진은 피식 웃으면서 몸을 돌렸다.

"반갑습니다, 지브토바 씨."

"안녕하세요."

지브토바 옆에 있는 사람은 능숙하게 통역해 줬다.

"들어오면서 팬 서비스 확실하게 해 주시던데요? 하하하."

아마 그 질문을 하려고 했던 기자들은 얼굴이 붉어졌을 것이다.

"시선을 끌어 달라고 하셨잖아요."

"그건 그렇지요."

"그나저나 이야기는 들었는데, 그사이 바뀐 게 있습니까?"

"아니요."

지브토바는 고개를 들었다.

그녀는 사실 조국 러시아에서 코치로 일하다 쉬는 중이었다.

그런데 노형진, 아니 마이스터 투자금융의 부탁을 받아서 한국에 온 것이다.

전반적인 사정은 이미 들었다.

공짜로 온 것도 아니다. 그만큼의 대가를 받기로 했으니까.

"그 아이는 어디에 있나요?"

"집에 있습니다."

"그래요?"

"지브토바 선수, 부탁을 들어주셔서 감사합니다. 하지만,

괜찮겠습니까?"

노형진의 계획은 그녀를 이용해서 양채영을 띄우는 것이었다.

하지만 정작 지브토바가 재능 없는 사람을 도와주는 것을 싫어한다면 부탁할 수가 없다.

"전 괜찮습니다. 양채영 양은 확실히 재능이 있어요. 출전한 영상은 다 찾아봤습니다. 제대로 훈련되지 않았음에도 불구하고 상당한 실력을 가지고 있었습니다. 제 제자들 중 은메달을 딴 아이들만큼의 재능은 있습니다."

지브토바는 미소를 지으며 말했다.

아무리 돈과 마이스터의 부탁이라고 해도 재능이 없는 아이를 위해 한국행을 결정하지는 않았을 것이다.

사회의 행동이 화가 나기는 하지만, 재능이 없다면 결국 쓰러지기 마련이니까.

"제대로 훈련받으면 금메달을 노릴 수 있을지도 모르지요."

"그러면 감사하지요."

노형진은 그녀를 데리고 오기 위해 마이스터 투자금융의 힘을 빌렸다.

그곳에서 하는 사람에 대한 투자, 그걸 이용할 생각이었다.

물론 양채영이 신청해서 지브토바를 투자금융에서 붙여 준 것으로 하려는 것은 아니다.

"계획은 말씀해 드린 대로입니다. 지브토바 씨는 채영 양의 영상을 보고 재능을 확신하고 오신 겁니다. 우리는 그 이후에 등장하는 거구요."

"알고 있습니다. 그런데 그 아이는 제가 오는 걸 알고 있나요?"

"전혀요. 그래야 극적이지 않지 않습니까?"

"재미있네요, 호호호."

"긴 시간 동안 머무셔야 하진 않을 테니까 조금만 힘내 주십시오."

"그러지요. 그리고 아까도 말했지만 전 김치 싫어요. 한식 노노. 탄수화물은 체조 선수에게 죄악입니다."

"알겠습니다."

노형진은 씩, 미소를 지었다.

기자들은 지브토바가 왜 한국에 왔는지 궁금했다.

그녀는 절대로 쉽게 움직이는 사람이 아니다. 당연히 누군가가 막대한 돈을 주고 그녀를 불렀다고 생각했다.

하지만……

"뭐? 없어?"

"네, 없어요. 이리저리 뒤져 봤지만, 그녀를 데리고 오려고 스폰을 한 기업은 없어요."

"아니, 그러면 개인이 불렀다는 거야?"

그녀의 연봉은 4억이 넘는다. 당연히 어떤 기업에서 천재 소녀를 키우기 위해 스폰을 한 줄 알았다.

그런데 그런 기업이 없단다.

"다 알아본 거야?"

"아, 선배님. 이런 투자 하는 기업은 뻔하잖아요. 갑자기 '짠' 하고 나타나는 기업은 없다고요."

"그건 그런데……."

이곳저곳 다 알아봤지만 투자하겠다고 한 기업은 없는 상황.

"개인이라고 하면…… 그럴 만한 곳이 있나?"

"한두 푼도 아니고, 없죠."

"거기에다 지브토바의 자존심이 상당한데 조국인 러시아를 두고 왜 한국으로 온 걸까? 그녀가 애국심이 강한 건 유명하잖아."

"그러면?"

"둘 중 하나지. 애국심을 이길 정도의 돈이든가, 아니면 절대로 놓칠 수 없는 천재든가."

전자라면 그다지 이슈가 되지 않겠지만 후자라면 이야기가 달라진다.

"가장 가능성이 있는 사람은?"

"아무래도 효인 양이겠지요?"

"효인이?"

"네. 집안도 빵빵하고, 그 애 엄마가 한국체조협회 간사잖아요."

"으음……."

확실히 돈과 자리만 보면 그렇기는 하다.

하지만 선배의 얼굴에는 피식, 비웃음이 떠올랐다.

"아닐걸."

"어째서요?"

"그 애는 아무리 봐도 무난한 수준이지, 천재는 아니잖아."

"하지만 코치가 잘 붙으면……."

"얀마, 호박에 줄 긋는다고 수박 되냐? 어쭙잖은 재능에 코치 하나 제대로 붙었다고 실력이 팍팍 발전하면 개나 소나 올림픽에 나가지."

베테랑 스포츠 기자인 그는 자라나는 새싹은 대충 안다.

알 수밖에 없다.

이런 소녀들을 키우기 위해서는 기업의 스폰이 필수고, 그걸 받기 위해서는 지명도가 있어야 하기 때문이다.

그리고 그걸 올리는 가장 좋은 방법은 다름 아닌 언론이다.

'하지만 효인이? 에이, 아니지.'

물론 원래 체조 선수였던 어머니의 혈통 덕에 아주 못하는 건 아니다.

하지만 천재?

예의상 그리 말해 줄 수도 없는 수준이다.

애초에 그녀의 어머니도 해외 대회에서는 메달 하나 따 온 적 없는 '국내용' 선수 아니었던가?

심지어는 국내 대회 메달마저도 집에서 밀어준 덕이지, 실력이 있어서 따 온 게 아니었다.

"음⋯⋯."

"그리고 말이야, 지브토바가 뭐가 아쉬워서 한국체조협회 간사에게 고개를 숙여?"

"하긴."

지브토바는 단순한 코치가 아니다. 세계체조연맹의 이사 중 한 명이다.

그런 그녀가 고작 한국체조협회 간사한테 잘 보일 이유가 뭐가 있겠는가?

더군다나 한국은 체조에 관한 한 불모지나 다름없는데 말이다.

"그러면⋯⋯ 후자인데⋯⋯."

그러나 그녀가 한국 천재의 솜씨를 볼 만한 기회가 없었다.

물론 다른 나라의 다른 대회에서 보았을 수도 있지만⋯⋯.

'하지만 최근에 그녀가 해외에 나가서 본 대회도 없는데.'

게다가 설사 그렇다고 해도, 거기서 바로 접촉하지 왜 굳이 한국으로 따로 올까?

"국제 체조 대회에서, 최근에 가장 성적이 높은 한국 선수가 몇 위였어?"

"어…… 작년에 37위요."

"올해는?"

"41위요."

"성인 기준?"

"네."

"유소년은? 다 큰 성인을 키우러 오지는 않았을 거 아냐."

"어디 보자…… 138위네요."

"역시…… 천재라고 보기에는 많이 부족한데."

즉, 국제적으로 보면 아주 낮은 수준은 아니지만 올림픽 금메달을 바라보거나 천재로 극찬받을 정도의 실력은 없다는 거다.

"뭐지……. 아, 씨발. 이해가 안 가네. 진짜 누가 부른 건가?"

"그건 아닌 것 같은데요. 지브토바가 택시 타고 갔잖아요. 지브토바 정도 되는 사람을 불러 놓고 설마 차도 안 보냈을까요?"

"아, 그러네. 씨발."

선배 기자는 그 점을 생각하고는 고개를 끄덕거렸다.

결국 남은 것은 단 하나다.

진짜 우연히 지브토바가 천재를 발견해서 한국에 직접 입국한 것. 그것도 자신의 발로 말이다.

"하지만 누군 줄 알고……."

"그냥 뒤에 붙는 수밖에 없을 것 같은데요."

"으음……."

스포츠 쪽은 어지간해서는 잠복할 일이 없다.

정해진 인터뷰나 성적에 관한 이야기만 하는 정도니까.

하지만 지브토바가 관심을 가지고 들어올 정도의 천재라면…….

"날씨 더럽게 추운데 핫 팩 좀 넉넉하게 사야겠네."

선배는 어쩔 수 없다는 듯 머리를 북북 긁었다.

지브토바가 묵고 있는 호텔에는 알게 모르게 기자들이 잔뜩 있었다.

한국에서 천재를 발견했다고 들어온 후 움직이지 않고 있었기 때문이다.

"본인이 결제했다고요?"

"네."

"뭐야? 그러면 정말 자의로 들어온 거야? 안 그러면 자기 돈을 쓸 이유가 없잖아."

"와…… 그 애 진짜 누구냐?"

입술이 바짝바짝 마르는 기자들.

불행히도 그 갈증을 풀어 줄 사람은 없었다.

아마 그들은 모를 것이다. 지브토바가 꿈나무에 대한 탄압에 화가 나서 들어왔다는 것을 말이다.

"이제 슬슬 움직이는 게 좋지 않을까요?"

지브토바는 호텔 창밖으로 움직이는 사람들을 보면서 말했다.

"슬슬 움직여야지요."

"과연 저를 만나면 어떤 표정을 지을지 궁금하네요, 호호호."

그녀는 가방을 들면서 미소 지었다.

"자, 그러면 나가 볼까요?"

⚖

"진짜야? 저거 맞아?"

"맞아요."

"하지만⋯⋯."

지브토바가 탄 택시는 아파트촌으로 들어갔다.

그래서 다들 여기에 사는 부잣집에 가는 줄 알았다.

하지만 이 아파트는 부자들이 사는 아파트가 아니었다. 상당히 오래된 아파트촌이니까.

그것도 이해가 안 가는데 택시가 멈춘 곳은 더 이해가 가지 않는 곳이었다.

"영구 임대 아파트?"

영구 임대 아파트.

말 그대로 극빈자들을 위해 정부에서 임대해 주는 아파트다.

"여기에 왜 온 거야?"

"답은 뻔한 거 아냐?"

여기에 그 천재가 있다. 그것 말고는 답이 없었다.

"이거 대박이다!"

진짜 소설에나 나올 만한 이야기다.

천재 선수가 반해서 찾아온 또 다른 천재가, 영구 임대 아파트에 사는 가난한 소녀라니.

그러나 문제가 있었다.

"어? 그냥 가는데?"

"왜?"

"어째서?"

어리둥절하던 기자들은 아차 했다.

"우리 때문인가?"

호텔에서, 그리고 도로에서는 자신들이 드러나지 않게 숨어 있을 수 있었다.

하지만 여기는 아니다.

아파트촌 내부에서 수십 대의 차들이 카메라를 들고 따라오면 바보가 아닌 이상에야 그들을 못 알아볼 리 없다.

"아…… 어쩌지?"

기자들은 어쩔 줄 몰라 하면서 발을 동동 굴렀다.

"자, 이제 떡밥은 던져졌다."

노형진은 씩 웃었다.

"안 만났잖아?"

"그렇지. 기자들이 줄줄이 따라간 상태에서 만나면 그게 더 이상하니까."

"그런데 무슨 수로 양채영을 띄워?"

"저들은 기자니까."

"응?"

"이 근처에 체조 선수 키우는 학교가 하나밖에 더 있어?"

"아!"

어찌 되었건 지브토바가 봤다는 것은 체조와 관련이 있다는 뜻. 그런데 이 근처에서 체조 선수를 키우는 학교는 단 한 곳뿐이며, 그곳의 체조부원은 채 스무 명이 안 된다.

"그리고 이 아파트에 사는 체조부원은 단 한 명이지."

"아!"

기자들은 그녀가 누구일지 잔뜩 기대하고 있는 상황.

그런 상황에서 과연 추적하지 않을까?

"이제는 기자들이 알아서 띄워 줄 거야, 흐흐흐."

그리고 학교에서는 아마 난리가 날 것이다.

쾅!

교장은 탁자를 치면서 부들부들 떨었다.

"이거 봤습니까?"

그의 말에 선생들은 아무런 말도 못 했다.

각 신문 헤드라인을 장식한 큰 글자.

> 지브토바가 찾은 천재는 이제 중 3?
> 천재가 천재를 만나기를 기대하다
> 미래의 기대주 양 모 양, 지브토바가 천재로 인정하다

지브토바가 만나지도 않았건만 이미 언론은 양채영이 그 천재라고 생각하고 있었다.

그럴 수밖에 없는 게, 조건에 들어맞는 것은 그녀뿐인 데다가 수년간 출전한 대회에서 뛰어난 성적을 일궈 왔으니까.

물론 국제 대회 경력은 전혀 없지만, 그녀가 출전했던 대회의 영상이 인터넷에 올라가 있으니 지브토바가 그걸 봤을 가능성이 높았다.

"교장 선생님, 지브토바가 말하는 천재가 정말 채영이인지는 아직 확실하지 않으니까……."

"확실하지 않다고요? 이보다 더 확실한 게 어디 있습니

까? 네? 그 동네에서 체조하는 게 채영이 말고 누가 있는데 요? 네?"

"……."

"젠장, 기자들이 채영이 인터뷰하겠다고 계속 연락해 오는데 어쩔 겁니까? 채영이는 뭐래요?"

"그게……."

코치는 움찔했다. 그럴 수밖에 없다.

"채영이, 그만뒀습니다."

"뭐라고요?"

"사실은 자기가 재능이 없다고, 그만둔다고……."

교장의 얼굴이 붉으락푸르락해졌다.

"야, 이 새끼야! 일을 어떻게 한 거야!"

코치는 입을 다물고 교장을 흘겨보았다.

채영이를 이번 시합에서 빼라고 한 건 교장이다. 물론 아예 그만둬 버릴 줄은 몰랐지만.

그런데 상황이 이렇게 되었다고 자신에게 뭐라고 하다니.

"당장 채영이 다시 운동시켜! 뭐라고 하든! 무조건 시켜! 알았어?"

⚖️

같은 시각, 양채영은 어리둥절한 표정으로 기자들을 만나고 있었다.

　학교가 끝나고 나서 집에 왔는데 집 앞을 가득 메운 기자들이 다짜고짜 달려들었기 때문이다.

　"양채영 양, 천재에게 가르침을 받을 수 있게 됐는데 어떻게 생각합니까?"

　"진짜로 지브토바 양의 가르침을 받기로 했나요?"

　"아직 지브토바 양과 접촉하지 않았습니까?"

　"전화도 안 왔나요?"

　시끌시끌한 기자들.

　"어……."

　양채영은 어리둥절한 표정으로 기자들을 바라보다가 말했다.

　"저…… 체조 안 하는데요."

　"네?"

　"저, 체조 그만뒀는데요."

　기자들의 얼굴에 경악한 표정이 떠올랐다.

⚖️

　며칠 전, 양채영은 노형진의 말에 당황해서 다시 물었다.

　"그만두라고요?"

　"그만두는 게 아니야. 잠깐 쉬는 거지."

　"하지만 선생님한테 그만둔다고 말하라고……."

"너희 선생님들은 너한테 체조 다시 하라고 빌게 될 거다."

"하지만……."

양채영은 지금 상황이 이해가 가지 않았다.

지브토바가 찾아온 대상이 자신이라는 것도 이해가 안 가는데, 그녀가 찾아왔는데 체조를 그만두라니?

체조계에서 '금손'이라고 불리는 그녀인데 말이다.

"지브토바가 널 찾아온 건 사실이지만, 아무래도 여러모로 한계가 있어."

"한계요?"

"그래."

지브토바는 러시아 사람이고 양채영은 한국인이다.

물론 그녀가 모든 걸 그만두고 양채영에게 매달릴 수도 있겠지만, 그녀의 조국인 러시아가 그대로 놔둘 리 없다.

"그렇다고 네가 러시아로 갈 수는 없잖아?"

"……."

혼자뿐인 아버지를 두고 러시아로 간다? 그건 말도 안 되는 소리다.

설사 가고 싶다고 한들, 자신의 집은 가난하다. 러시아에서 유학할 처지가 안 된다.

"지브토바는 너를 확실하게 띄워 줄 거야. 쉽게 말해서, 주변에서 너에게 터치를 하지 못하게 하려는 거야."

"그런데 왜 그만두라고 하세요?"

"너희 선생님들은 까여야 하니까."

"저희 선생님들요?"

"그래. 만일 여기서 지브토바가 적당히 하고 가면 어떻게 될까?"

"……."

양채영은 아무 말 하지 못했다.

분명 또다시 자신을 괴롭힐 것이다.

물론 천재라는 이미지가 생겼으니 후원자가 생길지도 모르지만……

"너는 권력자의 자식한테는 벽이야. 당연히 네가 체조를 못 하게 해야 해."

"그건…… 알지만……."

"그걸 막기 위해서는 너희 선생님들을 가루로 만들어야 해."

"하지만 스승님인데요?"

노형진이 피식 웃었다.

"거기에 스승은 없어. 선생이라는 '기술자'만 있지."

"……."

"거기에 있는 인간들은 학원 선생만도 못한 놈들이야. 학원 선생들도 돈을 받고 아이들을 가르치지만, 최소한 아이들의 미래를 망치지는 않아. 하지만 그놈들은 접대받고 싶어서, 위에서 청탁받아서 너의 미래를 망가트리려고 했어. 그런데 무슨 스승이야? 그놈들은 널 전혀 제자로 생각하지 않아."

"……."

잔인한 말이다. 하지만 그녀 스스로가 겪었던 일이다. 그러니 노형진의 말을 부정할 수는 없다.

"그러면 어떻게 해야 해요?"

"아까도 말했다시피 넌 그만뒀다고 해야 해. 그리고 그 부분에 대해 지브토바 씨와 확실하게 통화했다고 말이야."

"그러면 제가 체조를 할 수 있나요?"

그녀가 원하는 것은 단 하나, 그저 자신이 원하는 대로 체조를 하는 것.

"확실하게."

노형진은 고개를 끄덕거렸다.

"만일 못 한다면 내가 시켜 주마."

"네?"

"난 그 정도 능력은 된다. 지브토바 씨를 불러온 걸 보면 알 텐데?"

양채영은 입술을 깨물었다.

어른들의 싸움이나 정치는 잘 모른다. 하지만 체조를 놓고 싶지는 않았다.

할 수만 있다면…….

"네, 그만둔다고 할게요."

그녀는 마음을 강하게 먹었다.

기자들은 난리가 났다.

지브토바가 조국마저 포기하고 가르치러 온 천재가 체조를 그만뒀단다.

—선생님이 저보고 재능이 없다고 했어요. 이쪽으로 간다 해도 앞으로 미래도 없다고. 그냥 그만두고 일이나 배우라고요. 전 가난해요. 그래서 그냥 일이나 배우려고요. 재능도 없는데 붙잡고 있어 봐야 저만 힘들어지니까.

양채영의 인터뷰가 나가자마자 여론은 난리가 났다.

—그 선생 미친 거 아냐?
—도대체 기준이 뭐래?
—뭐겠니? 돈이겠지.
—씨바. 이래서 우리나라는 인재가 안 나오는 거야.
—크크, 헬조선 보소. 끝내주네.

사람들의 분노는 점차 학교로 모였다.

도대체 얼마나 잘나신 선생님이기에 전설의 천재가 인정한 아이에게 재능이 없다고 그만두라고 했단 말인가?

여론은 기자들을 따라가지만, 한편으로는 기자들이 여론을 따라간다.

사람들이 클릭을 할수록 기자들은 돈을 버니까.

그리고 기자들은 클릭 수를 얻기 위해 사건을 파고들었다.

그리고 파고들면 파고들수록 눈을 반짝거렸다.

"진짜니? 진짜로 선생님이, 반장 선거에서 뽑혔는데 반장 못 하게 했어?"

"네, 진짜예요."

인터뷰를 하는 학생은 다름 아닌 정의로운 형님의 따님이었다.

물론 그녀 말고도 양채영과 친했던 다른 아이들 역시 인터뷰를 했다.

"이거 진짜로 익명으로 나가는 거죠?"

"그럼."

슬쩍 겁먹은 모습을 보이자 기자는 고개를 끄덕거렸다.

"선생님이 가난한 애는 반장 할 필요 없다고 잘랐어요."

"진짜로 그랬어?"

"네, 진짜로 그랬어요. 뽑은 건 우린데 반장이 된 건 다른 애라서, 우리가 물어봤거든요."

컵에 든 아이스크림을 퍼먹으면서 아이들은 열심히 말을 했다.

"채영이 아버지가 마을버스를 운전하거든요. 그래서 안 된대요."

"마을버스가 어때서?"

"모르죠. 그런데 들리는 말로는, 그러면 촌지 못 받으니까 그런다는 이야기도 있어요."

"촌지?"

"네. 소문이지만요."

소문이다.

하지만 소문이라는 것은 기자에게는 즉 의혹을 뜻한다.

"그래서 채영이가 운동을 그만뒀다는 얘기도 있어요."

"응?"

"코치님이 촌지 요구했는데 그걸 못 줘서 출전권 안 줬다는 이야기가 있더라구요."

"그래?"

"네."

이야기는 점점 커져 갔고, 기자는 초대박이라고 느끼면서 한마디라도 더 듣기 위해 노력하며 열심히 녹음했다.

⚖️

돈이 전부인 한국 스포츠계

아버지가 버스 운전기사라고 쫓겨난 비운의 천재 소녀

뉴스가 나갈 때마다 학교는 가루가 되도록 까였다.

당장 교육청에서는 학교에 대한 감사를 진행하겠다고 발

표했고, 학부모들은 관련된 선생님들을 자르라고 학교에 요구하고 있었다.

"젠장, 이제 어쩌라는 거야?"

하지만 교장은 자르고 싶어도 자를 수가 없었다.

그럴 수밖에 없는 게, 그 관련된 선생님이 다름 아닌 자신이니까.

만일 자신만 남고 다른 선생님들을 다 자르면?

안 봐도 뻔하다.

그들은 복수를 하기 위해 자신의 더러운 면을 모조리 까발릴 것이다.

"이거 어떻게 해서든 막아야 해."

"하지만 교장 선생님, 분위기가 너무 안 좋습니다. 어떻게 막아야 할지……."

교감은 진땀을 흘렸다.

"도대체 이 정도도 못 막는다는 게 말이나 돼!"

"교장 선생님, 벌써 인터넷에 좌악 퍼졌습니다."

사기꾼들이 가장 많이 노리는 사람들이 누굴까?

다름 아닌 막 제대한 장교 출신 군인들과 선생들이다. 그들은 세상을 몰라서 속여 먹기 쉽기 때문이다.

지금까지 이런 식으로 언론에 까여 본 적이 없던 선생님들의 입장에서는, 어떤 식으로 해야 할지 어떤 식으로 막아야 할지 전혀 아는 게 없었다.

"일단 양채영이 먼저 불러와. 불러와서 운동부터 다시 시켜."

"안 한다고 하는데요."

"내가 안 한다는 말을 듣고 싶어서 말한 줄 알아! 가서 무릎을 꿇고 빌든 아니면 돈을 쥐여 주든, 다시 운동시키라고!"

교장의 말에 교감은 한숨을 푹 쉬었다.

그러나 지금은 그것 말고는 방법이 없다는 걸 그도 잘 알고 있었다.

⚖️

"채영아, 선생님이 잘못했다."

"그래. 우리 이제 학교 가자."

"가서 네가 하고 싶어 하는 체조도 열심히 하자."

담임과 코치는 양채영을 설득하기 위해 그녀의 집에 왔다.

하지만 양채영은 고개를 흔들었다.

"싫어요."

"채영아!"

"저는 재능도 없잖아요. 우리 집 가난해요."

"하지만 지브토바 씨가 널 가르치고 싶다고 하잖니."

"저도 알아요. 하지만 지브토바 씨는 비싸잖아요. 전 그 돈 못 내요. 선생님이 내주실 거예요? 학교에서 내줄 것도 아니잖아요. 선생님 말이 맞아요. 한국에서 어중간하게 체조

한다고 해 봐야 가난하게 사는 수밖에 없잖아요. 그냥 대학 포기하고 일할래요."

양채영의 말에 두 사람은 당황했다.

사실 양채영도 당장 알겠다고, 체조 다시 하겠다고 하고 싶었다.

하지만 노형진이 분명히 그랬다. '학교에서 다시 운동하라고 설득하려고 할 거다. 절대로 하지 않는다고 해라. 여기서 네가 숙이고 들어가면 대충 사과만 받고 다시 처음으로 돌아간다.'라고.

"저는 이제 운동 안 할 거예요."

선을 그어 버리는 양채영의 모습에 코치는 결국 발끈할 수밖에 없었다.

"야! 양채영! 너 내 손에 죽고 싶어!"

한국 스포츠계에 폭행과 협박은 기본 옵션처럼 따라오는 경우가 많다.

그런 환경에서 자라 왔고 그런 식으로 가르친 코치의 입장에서는 이런 경우는 처음이었기에 결국 발끈할 수밖에 없었다.

"이년이 보자 보자 하니까 주제도 모르고 기어올라? 씨발, 언론에서 너 빨아 주니까 아주 기고만장하지! 너, 지브토바인지 토스트기인지 돌아가면 그냥 쭉정이야! 알아? 너같이 돈도 없고 백도 없는 년이 올림픽? 지랄하네. 씨발, 국내 경기라도 제대로 나갈 수 있을 줄 알아! 알아서 기어야지, 이

개년아!"

"어허, 김 코치. 진정해, 진정."

"아, 진짜! 고 선생님! 이년 좀 보세요! 기자들이 좀 빨아
준다고 간땡이가 부었잖아요."

"김 코치, 진정하고……."

"진정하게 생겼어요? 네? 이거야 원, 보자 보자 하니까 대
가리에 피도 안 마른 년이 어른을 상대로 협박을 해? 지랄한
다. 그래, 하지 마! 씨발, 너 같은 개년이 운동 안 한다고 해
도 바뀌는 거 없어. 어차피 너 같은 년, 1년쯤 지나서 조용해
지면 퇴출시키는 건 일도 아냐! 너, 내가 있는 라인 모조리
써서라도 퇴출시키고 만다."

"……."

양채영은 입술을 깨물고 눈물을 흘리면서 두 사람을 노려
볼 뿐이었다.

"야, 양채영! 빨리 선생님한테 사과 안 해? 어? 너 진짜 죽
고 싶어? 김 코치, 진정해. 이번만 넘어가자고, 이번만."

"아, 진짜. 지브토바인지 뭔지 하는 외국 창년 때문에 우
리가 지금 뭐 하는 짓이냐고요!"

"어차피 지나가는 비야. 지나가는 비만 피하고 보자고."

적반하장으로 나오는 두 사람의 모습에 양채영은 아무런
대답도 하지 않았다.

"이년이 진짜 간땡이가 부었나!"

결국 발길질이라도 하려고 일어나던 김 코치의 눈에 핸드폰이 보였다.

물론 요즘 시대에 핸드폰 하나 정도는 필수품이다. 아무리 가난해도 말이다.

정부에서도 통신비를 지원 대상으로 정해서 지원해 주고 있으니까.

그런데 그 핸드폰이 작동되고 있다는 것이 문제였다.

"이 개 같은 년이 녹음을 해? 너, 오늘 내 손에 뒈졌다."

액정이 켜진 화면을 보고 진짜로 발끈해서 폭행하려고 하는 김 코치.

그리고 마찬가지로 화가 나서 참지 못하고 같이 움직이는 고한서.

하지만 그들의 행동은 핸드폰에서 들리는 목소리에 멈춰 버렸다.

-녹음은 채영이가 한 게 아니라 제가 했죠.

"어어?"

녹음 중인 줄 알았던 핸드폰에서 들리는 목소리.

상식적으로 타이밍에 맞게 녹음된 음성이 나올 리 없다. 누구도 그걸 건드리지 않았으니까.

-새벽일보의 조문한 기자입니다. 이번 사건에 대해 이야기를 좀 들어 봐야겠네요. 그리고 폭행이랑 협박으로 이미 경찰에 신고했으니까 도망갈 생각은 마시죠.

두 사람은 털썩 주저앉았다.

⚖️

"완전히 낚였는데?"

수갑을 차고 경찰차에 끌려 들어가는 두 사람을 보면서 손채림이 피식 웃었다.

"어떻게 안 거야, 저들이 저렇게 나올 거라는 건?"

"저들은 선생님이야."

"그런데?"

"선생님들 중 일부, 특히 저런 타입의 인간들은 아이들을 무시해. 마치 자신의 말대로 하는 일종의 장난감처럼 생각하는 성향이 강하지."

아이들을 최소한의 존중이라도 했다면 반장 자리를 빼앗거나 출전권을 빼앗는 행동은 하지 않았을 것이다.

"학교에서 교장의 행동은 뻔해. 이런 상황에서는 당사자에게 가서 사과하고 당장 운동을 다시 시키라고 하겠지."

"하지만 저 인간들은 자존심 때문에 쉽지 않을 거다?"

"쉽지 않겠지. 그들은 머릿속으로 여전히 학생이 자신보다 낮은 인간이라고 생각하고 있어."

그런 학생이 정면으로 반박하면 그들은 뚜껑이 열려서 발끈할 수밖에 없다.

이것이 법이다.

물론 진심으로 사과하고 데려가려고 할 수도 있었겠지만.

'그럴 놈들이면 애초에 이런 일을 안 일으켰지.'

당연하게도 그들은 발끈해서 폭행을 가하려고 했다.

자신의 아래에 있는 사람이 자신을 무시한다는 것. 그걸 참지 못한 것이다.

"그런데 왜 우리가 아니라 기자야?"

노형진은 양채영에게 선량해 보이는 기자의 전화번호를 받아서 저장해 두라고 했다.

그리고 학교에서 선생님들이 찾아오면 통화를 시작하라고 했다.

"우리가 그걸 받아서 녹음하면 말이야, 우리가 직접 보도 자료를 뿌리는 거야. 결국 언론은 보도 자료를 전달하는 수준으로밖에 글을 쓰지 못하지. 하지만 전화를 걸면? 그쪽에서 그 순간에 대해 모두 들어. 또 다른 당사자가 되지. 보통은 당사자가 더 분노하기 마련이잖아?"

"헐, 무서운 놈."

"공식적으로 아직 양채영은 변호사를 샀다는 걸 드러내서는 안 돼. 양채영 쪽은 철저하게 피해자가 되어야 하거든. 그런데 지금 변호사를 사서 녹음하고 그걸 뿌리면, 이쪽에서 싸우려고 대놓고 준비한 티가 나거든."

반면에 기자에게서 받은 명함을 찾아 다급하게 전화를 한다면, 기자들과 국민들 입장에서는 소녀가 공포에 떨면서 전화로 도움을 요청한 것으로 받아들일 수밖에 없다.

그 두 가지는 분노의 레벨이 다르다. 이쪽이 뿌린 소식은 그저 소식일 뿐이지만, 피해자의 도움 요청이라면 감정이 이입된다.

"아주 그냥 학교를 분자 단위로 갈아 마시는구나."

"아닌데."

"응?"

"그런 폐기물을 갈아 마셔서 뭐 해? 재활용도 안 되는데."

노형진은 피식 웃었다.

"버려야지."

⚖

당연하게도 그날의 일은 핸드폰을 통해 대화를 듣고 있던 기자에 의해 전부 녹음되었다.

웹상에 풀린 것은 불 보듯 뻔한 일이었다.

－와, 미친. 저런 게 선생이라고.

－씨발, 선생이라는 작자가 할 게 없어서 고작 중 3짜리를 협박하냐?

－개 같은 학교네. 저걸 그냥 둬?

－큭큭, 역시 한국의 운동협회는 멀쩡한 게 없네. 씨발, 중 3짜리를 자기 라인 아니라고 말려 죽이려고 하는 나라에 무슨 미래가 있나?

이제 불똥은 학교뿐만 아니라 한국체조협회에까지 튀었다.

코치가 자기 라인을 다 동원해서라도 말려 죽이겠다고 했으니 말이다.

물론 가만있다가 뒤통수를 맞은 체조협회는 죽을 맛이었다.

"저거 미친 새끼 아냐? 야! 저 새끼 뭐야?"

"그게……."

"도대체 고작 중학교 코치 새끼 하나 때문에 협회가 난리가 난다는 게 말이나 되냐고!"

"죄송합니다."

"저 새끼 누구 라인이야!"

"잘 모르겠습니다."

"잘? 모르겠습니다? 너 지금 죽을래? 내가 병신으로 보여? 어? 나 임기 끝나 간다고 막나오지, 너?"

직원은 입술을 깨물었다.

협회장의 분노가 하늘을 찌른다. 당장 국민들의 욕설 때문에 홈페이지가 다운되고 전화기는 죄다 내려놓은 상황이었다.

"생각 잘해라. 내가 병신인 줄 아냐? 이 지경인데 서 이사 라인이 살아남을 것 같아?"

직원은 눈을 질끈 감았다.

맞는 말이다. 그는 차기 회장을 노리던 서 이사 라인의 사람이었다.

'하지만…….'

일을 이 지경으로 만든 것이 서 이사 라인이니, 그들이 차기 회장이 될 수 있을 리 없다.

아니, 장기적으로 보면 퇴출될 가능성이 높다.

다른 사람도 아닌 지브토바를 보고 창녀라고 하다니.

'멍청한 놈.'

이제 와서 속으로 욕해 봤자 방법은 없었다.

"사실은 서 이사 라인입니다."

"서 이사더러 당장 들어오라고 해. 지금 일을 뭐 이따위로…….."

막 뭐라고 하는 그때였다.

문이 벌컥 열리면서 다급하게 들어오는 비서.

"뭐야!"

"협회장님! 지금 지브토바가 인터뷰를 한답니다!"

"뭐? 무슨 인터뷰!"

"저도 잘 모르겠습니다."

"미친! 야, 뉴스 틀어!"

"뉴스에는 안 나올 겁니다."

속보 중에서 생중계로 나가는 것은 드물다.

그러니 아무리 지브토바라고 해도 정리해서 나가지 그냥 생중계해 줄 리는 없다.

"너 그럼 그거 어떻게 알았어!"

"현장에 있는 동료가 말해 줬습니다."

"얀마! 그러면 당장 그 새끼한테 전화해서 중계하라고 해!"

"중계요?"

"그래! 화상 통화 있잖아, 화상 통화!"

"아."

비서는 다급하게 전화를 해서 화상 통화를 부탁했다.

잠시 후 작은 핸드폰 모니터 안에 지브토바의 모습이 나타났다. 그녀는 이미 여러 기자들과 이야기를 하는 중이었다.

-저는 이번 사태에 대해 정식으로 세계체조연맹에 보고하지 않을 수가 없습니다. 미성년 선수에 대한 폭행 및 협박까지 이루어지는 판국에 어린 여성 선수들에게 무슨 범죄를 더 저지를지, 명백하게 조사해야 할 필요가 있다고 생각합니다.

지브토바의 말에 협회장은 머리를 부여잡았다.

"아이고, 맙소사."

문제는 그런 지브토바의 말이 사실이라는 것이다.

체조라는 스포츠 자체가 미를 겨루는 운동이다 보니 아이들의 외모가 상당히 아름다운 편이었고, 거기에다가 운동 자체가 몸매를 드러나게 하는 종류인지라 몸매 역시 예뻐서 성추행 사건이 심심찮게 벌어지고는 했다.

"이런 미친 새끼들이 뭔 짓을 한 거야?"

지금까지는 협회에서 잘 덮어 왔는데 이게 해외에 까발려진다면 망신도 이런 망신이 없다.

재수 없으면 한국체조협회가 국제협회에서 제명될 수도 있다. 지금까지 은닉해 온 범죄가 한두 개가 아니까.

그러면 한국은 어떠한 국제 대회에도 나가지 못하게 된다.

ㅡ토스터라는 저에 대한 참신한 별명은 별거 아니지만, 미래의 체조 꿈나무에 대한 이러한 행위는 명백하게 조사와 처벌이 이루어져야 할 사항입니다.

ㅡ그러면 양채영 양에 대해서는 어떻게 하실 겁니까? 그래도 한국에 남아서 양채영 양을 가르치실 건가요?

ㅡ아닙니다. 이런 나라에서 새로운 유망주를 키우는 것은 불가능하다고 봅니다. 사람 눈 대신에 동태 눈깔을 달고 다니는 인간들이 가득한데 무슨 미래가 있겠습니까?

신랄한 지브토바의 말에 기자들은 순간 할 말을 잃었다.
하지만 지브토바는 자신이 할 말을 계속 이어 갔다.

ㅡ저는 양채영 양을 러시아로 데려갈 생각입니다.
ㅡ네? 러시아요? 러시아에서 키우겠다는 겁니까?
ㅡ아닙니다. 아예 러시아로 귀화시킬 겁니다.

그리고 좌중에는 침묵이 흘렀다.

국민들의 여동생

천재는 해외로? 한국 스포츠는 어디로 가는 것인가?

러시아, 지브토바의 안목이라면 두 손 들고 환영하겠다는 뜻 밝혀

체조협회, 이번 사태에 대해 사과 성명 발표

조사 결과, 양채영 양의 출전권을 한국체조협회 간사가 빼앗은
것으로 드러나……

충격적인 말에 그동안 끓던 분노가 모조리 터져 나왔다.

일부에서는 진심으로 러시아에 가서 살라며 조언을 아끼
지 않았다.

노형진은 뉴스를 보면서 히죽거렸다.

예상대로다.

지브토바가 대놓고 디스를 하자 한국 정부와 협회는 '앗, 뜨거!'하면서 펄쩍거리고, 기자들은 신나게 학교와 협회를 물어뜯고 있었다.

"러시아는 어떻게 구워삶은 거야?"

설마 러시아에서 환영의 뜻을 밝힐 거라고는 생각도 못 했던 손채림은 깜짝 놀랐다.

"응? 난 아무것도 안 했는데."

"뭐라고?"

"난 아무것도 안 했어."

"그런데 저런 식으로 환영한다고?"

"그러면 러시아에서 뭐라고 하겠어? 안 된다고 하겠어?"

"어?"

"지브토바는 러시아가 낳은 전설이야. 그런 그녀가 데려가겠다는데, 러시아에서 안 된다고 하겠어?"

"아하!"

만약 거부하면 러시아에서 '지브토바의 안목이 안 좋습니다.'라고 인정하는 꼴이 된다.

지금까지 러시아에 충성하고 세 명의 메달리스트를 키워낸 그녀를, 러시아가 부정할 리 없다.

"최소한 무반응일 거라고 생각하기는 했는데, 일이 잘 풀렸어. 하긴, 러시아가 인재 욕심이 많기는 하거든."

특히나 현 러시아의 대통령은 인재 욕심이 많은 걸로 유명하다.

한편으로는 독재자의 모습을 가지고 있지만 다른 한편으로는 현명한 모습도 가지고 있다. 각 나라의 스포츠 선수들을 공격적으로 데려가려고 하는 것도 사실이고.

"진짜로 데리고 갈까?"

"그건 모르지. 하지만 내가 봐서는, 채영이가 가지 않을 거야."

"그러면 끝이야?"

"끝은 아니지. 애초에 우리 계획은 그냥 이 정도가 아니었으니까."

"응?"

손채림은 고개를 갸웃했다.

이 정도가 끝이 아니라니? 지금도 충분히 목적을 달성한 것 같은데 말이다.

"띄우려면 제대로 띄워야지."

"응?"

"국민 여동생 한번 만들어 보자고."

"엥?"

⚖

"안 간다는 소리 하지 말라고요?"

"그래."

양채영은 어리둥절했다.

지브토바가 자신을 러시아로 데리고 가고 싶다고 했다. 그냥 가는 것도 아니고, 아예 귀화시키겠다는 말까지 했다.

그런데 가지 않을 거라는 소리를 하지 말라니?

"너는 확실히 재능이 있어. 아마 이쪽으로 간다면 충분히 성공할 수 있겠지. 하지만 여전히 혼자야. 그리고 윗놈들은 자신이 당한 창피를 잊어버리는 놈들이 아니거든."

노형진은 어린 양채영에게 말하면서도 입맛이 씁쓸했다.

고작 중 3짜리 아이에게 이런 이야기를 해야 하다니.

"그러면…… 차라리 러시아에 보내는 게 좋지 않겠습니까?"

"아빠!"

"채영아, 아빠는 괜찮다. 너는 꿈이 있잖니. 난 네가 좋다면 그걸로 된 거야."

"아빠를 두고 내가 러시아에 가서 운동하는 게 무슨 의미가 있어요!"

"하지만 한국에서는 운동하는 게 힘들잖니?"

"그거야 그렇지만……."

"나는 네가 러시아에 귀화해서 제대로 지원받는 것도 나쁘지 않다고 생각한다."

"난 싫어요!"

양채영은 울상이 되어서 외쳤다.

그리고 노형진 역시 그런 양채영의 말에 동의했다.

"좋은 생각은 아닌 것 같습니다."

"네? 어째서요?"

"러시아 대통령이 인재를 좋아하기는 합니다. 하지만 극단적으로 승패에 집착하기도 합니다."

"네?"

두 사람은 이해하지 못하고 고개를 갸웃했다.

노형진은 그들을 보면서 슬쩍 웃었다.

"그는 승리를 위해서는 뭐든 하는 타입입니다."

"뭐든요?"

"네, 뭐든요. 승부 조작이나 도핑 같은 것까지 시키는 사람입니다."

"헉!"

두 사람의 눈이 커졌다.

그 두 개 다 스포츠 세계에서는 즉각적으로 퇴출될 만큼 나쁜 짓이다.

"지원은 확실하게 받을 겁니다. 실력이 일취월장해서, 올림픽에서 금메달을 딸 수 있을지도 모르지요."

확실히 양채영은 외모도 그렇고 몸매도 그렇고, 상당히 서양인 체형이다.

동양인이 체조에서 불리하다고 하는 체형적인 부분을 뛰어넘을 수 있다는 소리다.

'거기에다 동안 외모도 중요하지.'

동양인은 서양인보다 노화가 느리다. 그래서 외국인 심판들의 눈에는 훨씬 어린 소녀처럼 보인다.

거기에다 재능이 있으니 진짜로 금메달을 딸 수 있을지도 모른다.

'하지만 내 기억에 없는 걸 보니 아마 여기서 주저앉았겠지.'

자신이 없었다면 운동을 그만둬야 했을 테니까.

"허."

"그러면……."

"러시아로 가면 메달을 딸 가능성은 높아집니다. 그건 확실하지요. 하지만 그걸 제대로 인정받기는 힘들 겁니다."

노형진은 머릿속으로 상황을 다시 한 번 상상해 보며 고개를 끄덕거렸다.

'확실히 아주 높지.'

러시아에서 벌인 집단 도핑 사건.

그 사건은 시기로 보면, 지금 양채영이 러시아로 떠난다고 가정했을 때 아직 한창 활동 중일 무렵 벌어질 일이다.

'아무래도 이방인인 그녀의 입장에서는 러시아의 명령에 저항하기는 힘들겠지.'

그러니 운이 나쁘면 메달을 따도 박탈당할 가능성이 높다.

"그러면 러시아에 가면 안 되는 거 아닙니까?"

아버지는 우려 섞인 표정으로 딸을 바라보았다.

아무리 금메달이 좋다고 하지만 딸이 몸 상해 가면서까지 따는 건 원하지 않는다. 무엇보다, 남이 인정하지 않는 메달이 무슨 의미가 있단 말인가?

"하지만 국민들은 그걸 모르죠."

"네?"

"양채영 양이 갈지 안 갈지는 아무도 모르는 겁니다."

"그러면?"

"저는 지금부터 이미지 작업을 할 겁니다."

"이미지 작업?"

"네. 때때로 국뽕은 사람들의 눈을 멀게 하거든요."

두 사람은 이해하지 못하고 고개를 갸웃했다.

⚖️

─차라리 러시아로 가라! 개 같은 대한민국.

─씨발. 천재는 못 꺾어서 안달이 난 더러운 헬조선.

인터넷에서는 여론이 비등했다.

일부는 차라리 러시아에 가서 제대로 지원받으면서 성공하라고 하고 있었다.

하지만 대부분의 국민들은 그런 결말을 원하지 않았다.

-아직 시작도 안 한 아이를 보내는 건 좀…….

-맞아. 한국도 천재를 키울 수 있다고.

-지랄. 천재가 자기 딸내미 인생 막을까 봐 자르라고 하는 협회랑 뭔 일을 해?

-그놈이 미친놈.

-미친놈이 대부분 아닌가? '빙신연맹'이라는 말이 왜 나왔는데?

-캬, 금메달 회식 김치찌개 클라스.

-그걸 고쳐야지, 왜 해외로 보내?

-그러면 네가 키워 주든가.

인터넷에서는 두 집단의 충돌이 계속되고 있었다.

물론 양쪽 다 틀린 말을 하는 것은 아니다.

"아주 그냥 휘발유를 들이붓는구나."

사실 이렇게 충돌이 계속되는 것은 노형진이 계획한 것이었다.

슬슬 잠잠해질 만하면 기사를 터트리면서 계속 이슈화시키고 있었던 것이다.

"그래야 관심이 계속되지."

"언제까지?"

"이제 슬슬 본론으로 들어가면 될 것 같은데."

"국뽕?"

"그래."

국뽕.

좋게 말하면 애국심이지만, 나쁘게 말하면 국수주의.

"물론 채영이가 러시아로 가도 주변에서 나쁘게 보지는 못할 거야. 하지만 한국을 선택하면 훨씬 좋게 보겠지. 그러기 위해서는 이미지 작업을 해야 하고, 이미지를 좋게 하려면 당연히 한 명이라도 더 알아야 하니까."

그러기 위해 국뽕을 일으킨 것이다.

"이제 이 싸움의 종지부를 찍어 보자고, 후후후."

노형진은 씩 미소를 지었다.

그리고 다음 날 뉴스에서는 충격적인 소식이 흘러나왔다.

러시아 기업, 양채영 양에게 러시아 귀화를 조건으로 10억 제시

단순히 귀화시키겠다는 의견이 아니라 진짜로 끌어가기 위해 무려 10억이라는 돈을 쓰겠다는 의사를 밝혀 온 러시아 기업.

그 사실에 국민들은 왠지 패배감을 느낄 수밖에 없었다.

─역시 헬조선에 답이 있겠냐.

누군가 쓴 댓글에 아무도 반박을 하지 못했다.

러시아에서는 인재를 끌어오기 위해 일개 기업이 10억이라는 돈을 보상금으로 내걸었는데, 이 나라에서는 인재를 죽이지 못해서 안달이 나 있으니 말이다.

하지만 그 뉴스가 나간 지 채 이틀이 지나지 않아 또 다른 뉴스가 전면에 나타났다.

법무 법인 새론, 한국 잔류를 조건으로 똑같이 10억 제시. 한국의 자존심은 한국인이 지켜야 한다고 밝혀

두 집단의 싸움.

그건 전혀 엉뚱한 방향으로 변질되기 시작했다.

⚖️

"하하, 자네 진짜 머리 좋아."

송정한은 노형진의 계획에 탄성을 질렀다.

사실 러시아에서 10억을 제시한 기업은 노형진이 투자한 기업이었다.

노형진이 그들에게 10억을 줄 테니 발표만 해 달라고 했고, 그들은 그걸 받아들였다.

그런 발표를 하면 러시아에서 이미지가 좋아지니까.

"그런데 애초에 그들은 가짜 카드가 아니라는 거지."

"네. 우리도 진짜 카드는 아니지만요."

"하지만 두 국가가 미묘하게 싸움이 붙어 버렸단 말이지."

송정한은 씩 웃으며 말했다.

"제가 노리던 게 그겁니다, 후후후."

러시아는 러시아의 자존심 때문에라도 양채영을 데리고 가려고 했다.

그러자 한국 입장에서는 상황이 묘하게 되었다.

다른 나라에서 대놓고 탐내는 인재를 지키지도 못하는 무능한 나라 취급을 받게 생긴 것이다.

"러시아와 한국은 사실상 양채영 한 명을 두고 줄다리기하는 상황이 되어 버린 거죠."

"그래, 후후후."

물론 다른 기업들이 후원해 주면 좋기는 하다.

하지만 아무래도 해외로 물품을 수출하는 대기업들 입장에서는 러시아에 밉보여서 좋을 게 없으니 몸을 사린다.

그에 반해 새론은 어차피 한국의 기업이다.

변호사라는 존재 자체가 한 나라를 기반으로 한 것이니 러시아의 눈치를 볼 이유도 없다.

그래서 새론이 총대를 메고 싸움에 불을 붙인 것이다.

한국 대 러시아, 그 대리전처럼 말이다.

"국뽕이 아주 파도처럼 퍼지고 있더라."

"그렇겠지."

국가 대항전이 되면 자국민은 자기 나라를 응원하기 마련이다.

그리고 지금 두 나라는 국가 대항전 중이나 마찬가지다.

상품은 양채영이라는 이름의 천재 소녀.

"그리고 양채영이 뜰수록 점점 가루가 되어 가는 분들이 계시죠."

"가루?"

옆에 있던 손채림은 피식 웃었다.

"가루는 무슨. 분자 단위로 쪼개지고 있겠지."

교장은 무릎을 꿇고 있었다.

상식적으로 한 학교의 대표인 교장이 무릎을 꿇을 일은 없다.

하지만 그는 무릎을 꿇을 수밖에 없었다.

"교장, 진짜 일 그렇게밖에 못합니까?"

"죄송합니다……."

"이게 지금 죄송으로 해결될 일 같아요?"

교장이 학교의 대표라면 학교의 주인은 이사장이다. 그는 교장의 생사여탈권을 가지고 있다.

그런데 그런 이사장이 까인 것이다.

"그저께 체조협회장님께 얼마나 까였는지 압니까?"

"……."

한국은 전통적으로 그러한 스포츠 단체장을 기업인들이 한다.

체조협회장을 맡고 있다는 것은 한국에서 목에 힘줄 만한 기업의 대표라는 소리다.

아무리 학교의 이사장이라고 해도 절대 무시 못 할 존재.

문제는 한 소리 한 게 그뿐만이 아니라는 것이다.

"그리고 어제는 문체부 차관님이 전화하셨습니다. 일 어떻게 되었느냐고. 아직 연습 안 시키고 있느냐고."

"안 시킨다기보다는, 양채영이 연습을 거부하고 있어서……."

"그러면 러시아로 보낼 겁니까?"

"……."

"내가 장관님들이랑 회장님한테 가루가 되도록 까이는 꼴을 보고 싶어서 그래요?"

교장은 할 말이 없었다.

이사장이 가루가 되도록 까이면 자신은 어떻게 되겠는가?

물론 이사장도 교장의 입장을 알고는 있다.

하지만 그렇다고 해서 용서해 주고 싶은 생각은 전혀 없었다.

"교장."

"네, 이사장님."

"어떻게 해서든 복귀시켜요. 책임지고 사직서 쓰고."

"허억!"

"그리고 관련자들 모조리 사표 내라고 하세요."

"이…… 이사장님……."

교장의 얼굴이 사색이 되었다.

여기서 그만두면 이제 어떻게 먹고살란 말인가?

아니, 자신이야 그만둔다 치더라도, 잘리는 선생님들은 어떻게 하란 말인가?

그들은 다른 학교에서 써 주지도 않을 텐데.

하지만 그들이 어떻게 되든 이사장은 상관없었다.

"허, 학교 이름에 똥칠을 하고도 계속 그 자리에 있으려고 했어요? 이야, 교장. 이제 보니 참 뻔뻔하네."

교장은 입술을 깨물었다.

반장으로 뽑힌 걸 자른 것은 자신이 아니라 담임이 알아서 한 일이었다.

출전권을 빼앗은 것도, 자신이 한 게 아니라 이사장이 시킨 대로 한 것이다.

그런데 이제 와서 뻔뻔하다니.

"왜? 할 말이라도 있습니까?"

"아닙니다."

할 말이 있어도 할 수는 없다.

이사장에게 저항하는 순간, 자신의 남은 인생은 고통 그 자체일 테니까.

'이런 젠장.'

그는 자신의 인생이 망가지는 것을 그저 고개를 숙이고 받아들일 수밖에 없었다.

⚖️

"학교에서 선생님들이 많이 그만두셨어요."

교장과 교감은 책임을 통감한다고 하면서 책임지고 사표를 냈다.

물론 그 과정에서 양채영에게 불이익을 줬던 선생님들을 모조리 잘라 버렸다.

"의외네. 나는 그냥 버틸 줄 알았는데."

손채림은 고개를 갸웃했다.

사실 노형진이 아무리 함정을 판다고 해도 선생님이라는 자리가 철밥통이라고 불리는 데에는 다 이유가 있다.

그런데 이렇게 쉽게 해직하다니?

"작은 잘못이라면, 그리고 개인의 잘못이라면 자르지는 못하겠지. 하지만 그들이 한 행동은 위를 위태롭게 만들었어."

"그래서?"

"조직은 아랫사람이 얼마나 죽든 신경도 안 쓰지만, 윗사람이 티끌만큼이라도 다치면 돌변하거든."

상황이 상황이다 보니 교육부에서는 해당 학교에 대한 특별 감사를 하겠다고 했고, 체조협회에서는 모든 책임을 학교에 떠넘기는 상황이었다.

"당연히 그들이 사건을 무마하기 위해서는 희생양이 필요할 수밖에."

"아하! 그러면 그 선생님들은 제물로 바쳐진 셈이구나."

"그래. 이건 고한서의 말대로 수사할 사건은 아니었으니까."

하지만 그들은 책임자로서 해직당했다.

그 말은, 그 모든 책임은 그들에게 있다는 뜻이다.

"자신들의 죄를 그들에게 전가한 거지."

"불쌍하다고 해야 하나?"

"그다지 불쌍하지는 않아."

노형진은 어깨를 으쓱했다.

그들 역시 이용당하고 버려진 것은 마찬가지지만 부당한 상부의 명령을 받아들였다는 것 자체가 그들 역시 별반 다를 바 없는 놈들이라는 거다.

"그러면 이제 끝난 건가?"

"마무리는 지어야지."

"마무리?"

"그래. 여기서 손을 털어도 되기는 하지만……."

그러나 그렇게 된다면 일이 흐지부지될 것이다.

"일단은 우리 쪽에서 계속 손써야지."

"어떻게?"

"채영이는 지금 양쪽 다 끌어당기는 중이잖아?"

"그렇지."

"그러면 계속 줄을 끌어당기면 어떻게 되는데?"

"팽팽해지지."

"팽팽해진 줄은?"

"그거야……."

"위로 올라가."

팽팽하게 당겨진 줄은 위로 올라간다. 그리고 그 당기는 사람들과 같은 자리에 서게 된다.

"그러니 사람들이 좀 더 강하게 당기게 해 줘야지, 후후후."

⚖

마이스터에는 사람에게 투자하는 부서가 있다.

기업에 투자해서 돈을 버는 것도 방법이기는 하다. 하지만 사람이 성공하면 그보다 훨씬 높은 이익률을 달성할 수 있다.

기업이 아무리 잘해 봐야 300% 내외의 이익률을 거둔다면, 사람은 터지면 수천 퍼센트의 이익률을 내기 때문이다.

그래서 그 부서의 주요 업무는 재능이 있는 사람들을 찾아내어 지원해 주는 것이었다.

"우리는 양채영 양을 지원해 드리기로 했습니다. 투자의 조건은 기존 사람들과 같습니다. 우리는 사람을 평등하게 보기 때문입니다."

마이스터의 투자 결정.

그건 사람들의 관심을 끌었다.

당장 10억씩 투자할 것을 약속한 새론과 러시아의 기업.

그런데 이제는 마이스터까지 끼어들면서 삼파전이 되어 버린 것이다.

"너무…… 부담스럽습니다."

양채영의 아버지는 지금 상황이 너무 곤혹스러웠다.

갑자기 수십억이 왔다 갔다 하는 데다, 그에 관련된 이야기가 너무 많았기 때문이다.

"도대체 우리가 어떤 선택을 해야 하는 건지……."

러시아를 선택하면 충분한 지원을 받으면서 운동할 수 있을 것이다.

하지만 그 대신 노형진의 말대로 승부 조작, 도핑 등의 문제가 있을 수 있다.

그로 인해 이미 받은 메달조차도 제대로 인정받지 못할 가능성이 있는 탓이다.

'한국을 선택해야 하나.'

물론 한국을 선택해도 상당한 돈을 받을 것이다.

하지만 주변에서 그녀를 좋게 보지 않고 있는 것도 사실이다.

지금이야 국민들이 밀어준다고 하지만, 시간이 지난 후에 그들이 어떻게 돌변할지는 알 수 없다.

'남은 것은 마이스터.'

마이스터는 돈을 '빌려주는' 것이다. 추후 성공하면 갚아야 하는 돈이다.

그러니 누구에게도 빚을 지는 것도, 누구의 눈치를 보는 것도 아니다.

양채영의 아버지는 어떤 선택을 해야 하는지 너무나 고민되었다.

"마이스터를 선택하세요."

"네? 어째서요?"

"러시아가 안 되는 이유는 전에 설명해 드렸지요?"

"네. 하지만 새론은 노 변호사님이 다니는 곳이지 않습니까?"

"그렇지요. 하지만 새론은 땜빵으로 들어온 겁니다. 마이스터를 선택하신다고 해서 저희가 도움을 드리지 않는다는 건 아닙니다. 무엇보다 중요한 건, 인간은 다 잡은 물고기에게는 먹이를 주지 않죠."

"아……."

한국을 선택하면 다른 나라로 갈 수 있는 여지가 차단된다.

"걱정하신 대로 잡은 고기라고 생각한 체조협회나 주변에서 그 돈에 손대려고 할 겁니다."

"……."

"흔한 일이지요. 엄밀하게 말하면 양채영이 받아야 하는 돈인데 말이지요."

현직 선수를 밀어줘야 하는 체육협회가 후진 양성이니 어쩌니 하면서 돈을 빼앗아 가는 건 흔하게 벌어지는 일이다.

무려 10억이다. 과연 그들이 욕심을 내지 않을까?

"아마 좀 잠잠해지면 그 돈에 욕심을 낼 겁니다. 후진 양성이니 어쩌니 하면서 기부하라고 하겠지요. 안 주면 그들은 지금보다 더 집요하게 괴롭힐 겁니다. 출전권도 주지 않을 테고, 국내 대회에서 부당한 판정을 내릴 겁니다."

"……."

"아무리 저라고 해도 심사 위원들의 부당 판정까지 막을 수는 없습니다. 그건 철저하게 개인의 선택이니까요."

국제 대회의 출전권은 한정되어 있다.

그들이 부당 판정으로 양채영이 대회에 나가지 못하게 하면 당연히 그녀는 도태될 수밖에 없다.

"하지만 마이스터는요?"

"마이스터는 돈을 주는 게 아닙니다. 돈을 투자하는 거죠. 투자를 하고, 일정 이상의 수익이 나기 시작하면 그때부터 분할상환 하게 되어 있습니다. 어떻게 보면 빌려주는 거죠."

"빌려준다?"

"네. 그리고 빌려준 돈이니, 아무리 체육협회라고 해도 달라는 소리는 못 할 겁니다."

"아하!"

하지만 양채영의 부담은 덜하다.

명백하게 '투자'다.

진짜로 그녀가 재능이 폭발해서 성공하면 당당하게 갚으면 그만이고, 그러지 못한다 해도 마이스터에서 투자한 것인 만큼 그들의 투자 손실로 기록될 뿐 양채영이 갚아야 할 필요는 없다.

"그리고 그렇게 되면 한국도, 러시아도 선택한 게 아니게 되지요."

마이스터는 명백하게 미국 기업이다.

하지만 미국에서 그녀에게 오라고 한 것도 아니었으니 제삼자다.

"감사합니다."

아버지는 노형진의 손을 꽉 잡았다.

물론 다른 나라의 돈을 선택한 것보다는 덜 누리고 살아야 할 것이다. 투자된 돈은 관련 비용으로만 써야 하니까.

하지만 자신의 딸은 누구보다 당당하게 성장할 수 있다.

"감사의 인사는 나중에 하세요."

노형진은 씩 웃었다.

"어차피 그 돈은 받을 돈이었으니까요."

"네?"

아버지는 이해하지 못하고 어리둥절한 표정을 지을 수밖에 없었다.

얼마 후 양채영은 마이스터를 선택했다.

다른 나라로 가고 싶지도, 그렇다고 다른 분들에게 부담을 주고 싶지도 않다면서 직접 벌어서 성장하고 또 직접 벌어서 갚겠노라고.

당연히 국민들은 그러한 그녀의 선택을 두 손 들어서 환영했다.

그렇게 모든 일이 끝났을 거라 생각했다.

모두 제자리로 돌아갈 거라 생각했다.

하지만 얼마 후 양채영의 아버지에게서 온 연락에, 노형진과 손채림은 다시 그녀의 집으로 향했다.

"이…… 이게, 어떻게 해야 할지 모르겠습니다."

아버지는 멍한 표정이었다.

"어디 보자…… 대룡과 산성과 대부라……."

대기업 세 곳에서 날아온 스폰서 계약서.

지금까지 조용하게 있던 세 곳이 갑자기 스폰서를 자청하고 나서자 이해가 가지 않았던 것이다.

"예상대로네요."

"예상대로라고?"

손채림도 어리둥절했다.

이미 마이스터에서 투자받기로 했다. 그런데 스폰서가 붙다니?

"대룡이야 네가 말했을 테고, 다른 곳들은 뭐야?"

"난 말 안 했는데."

"뭐? 말 안 했다고? 그런데 왜?"

그들이 왜 뜬금없이 스폰서를 해 주겠다고 나선단 말인가?

"태풍이 끝났으니까."

"어?"

"태풍이 지나가고 나면 물고기가 많이 잡힌다는 말이 있지."

노형진의 비유가, 세 사람은 이해가 가지 않았다.

태풍과 스폰서가 무슨 관계가 있단 말인가?

"아저씨…… 이거 어떻게 해야 해요? 저는 진짜 모르겠어요. 아니, 왜 저 같은 애한테……."

"너 같은 애라니. 너니까 가능한 거야."

"저라서 가능하다고요?"

"그래. 네가 누구도 선택하지 않았으니까."

"네?"

"기업들은 스폰서를 많이 해. 특히 스포츠 스폰서는 더 많이 하지."

"그런데 왜 지금까지는 가만있다가 이제 와서요?"

"러시아에서 널 노렸으니까."

그리고 그 싸움은 한국 대 러시아의 일종의 대립으로 변질되어 버렸다.

정확하게는 노형진이 그렇게 만들었다.

"문제는, 기업이라는 곳은 수출도 생각하는 곳이라는 거야."

러시아는 절대 작은 시장이 아니다.

국가 간의 인재 싸움으로 변질된 상황에서 한국 기업이 스폰을 해 주겠다고 나서면 러시아 수출에 차질이 생길 가능성이 아주 높다.

정확히는, 수출은 계속할 수 있겠지만 판매량은 타격을 입을 것이다.

"그러니 지금까지는 하지 못했던 거지. 하지만 네가 러시아에 가지 않는다고 했고 지브토바는 포기하고 돌아갔어. 그러니 너에게는 폭풍은 사라지고 이슈만 남은 거지."

"아!"

한국을 선택한, 애국심이 높은 체조 천재 소녀.

거기에다 이런저런 이유로 이슈를 타서 모든 국민들이 다 아는 아이.

"기업이 스폰서를 해 주는 이유는 간단해. 광고야. 그리고 그렇게 스폰서를 하면 경비로 처리해 줘서 세금을 감면해 주거든."

이제 위험부담은 사라졌다.

거기에다 똑같이 스폰을 해도 양채영은 널리 알려진 사람이니 광고효과도 크다.

국민들의 애국심을 자극해서 애국심 마케팅도 되고.

"헐…… 너 이거 다 예상하고 있었던 거야?"

"그래. 그래서 내가 마이스터를 선택하라고 한 거야."

마이스터는 투자다. 스폰이 아니다.

그런 만큼 스폰이 들어오면 마이스터에서 돈을 받을 이유가 없다. 당연히 편하게 대기업의 보호를 받으면서 자신의 재능을 꽃피울 수 있다.

"체육협회가 미치지 않고서야 대기업과 척지어 가면서 너한테 불이익을 주지는 못하겠지."

애초에 처음부터 지금까지 모든 것이 노형진의 계획에 따라 흘러온 것이다.

"너 진짜 무섭다."

손채림은 부르르 떨었다.

가끔 스케일이 커지는 건 알고 있었지만 고작 아이 하나를 위해 국가급으로 스케일을 키우다니.

"규모는 상관없어. 채영이만 위해 한 것도 아니고. 우리나라의 잘못된 구조 때문에 고통받는 아이들을 위해 한 거지."

노형진은 담담하게 말했다.

"그리고 개인적으로 말씀드리자면……."

노형진은 싱긋 웃으면서 계약서 하나를 앞으로 내밀었다.

"대롱을 추천드립니다. 그리고 재산관리인 하나 선임하세요, 후후후."

양채영과 그 아버지는 멍하니 노형진을 바라볼 뿐이었다.

뒤에서 일하는 사람들

　　–여드름엔 클린퀸!

　　텔레비전을 보던 노형진은 광고에 나오는 양채영을 보고 빙긋 웃었다.

　　"잘나간다. 이거 뭐 메달 하나 따기도 전에 벌써 광고 퀸 소리 듣고 있네."

　　"이슈를 탔으니까 너도나도 쓰고 싶은 거지."

　　"진짜로 그 10억보다 더 벌게 생겼네."

　　"내가 그럴 거라고 했잖아, 후후후."

　　양채영은 노형진 덕분에 이미지도 좋아지고 대기업의 스폰까지 받더니 광고도 찍으면서 돈을 모으고 있었다.

"아무리 못해도 10억은 넘게 벌 거야. 그 돈이면 충분히 꿈을 펼칠 수 있겠지."

"대단해."

그녀는 빼앗겼던 출전권을 되찾아왔고, 대회에 나가 한국 신기록을 세우면서 우승했다. 그리고 우승 상금 전액을 다른 선수들을 위해 협회에 기증했다.

이제는 얼마 안 되는 돈이 되어 버린 상황인 데다가 살짝이나마 틀어진 관계를 복원하기 위해서였다.

"소문으로는 국가 대표 팀 선발전에 나간다는 이야기도 있던데?"

"저 실력이면 충분히 그럴 만하지."

자기 또래에 비해 압도적인 실력을 자랑하고 있으니까.

"가끔 보면 넌 진짜 한 일고여덟 수는 내다보고 있는 것 같다."

"그러니까 변호사를 하지."

"큭큭."

"그나저나 이번 사건은 뭐야?"

"너 얼마 전에 〈천년호〉라는 영화 개봉한 거 기억해?"

"못 하면 그게 이상한 거 아냐?"

〈천년호〉.

이름처럼 관객 수가 1천만을 넘은 한국 영화다.

사극으로는 1천만이 쉽지 않음에도 불구하고 1천만을 달성해서 이슈가 되었다.

'내가 그걸로 또 짭짤하게 벌었지.'

〈천년호〉가 관객 1천만을 돌파한 것을 기억하고 있던 노형진은 거기에 투자해서 상당한 돈을 벌었다.

그런데 그 〈천년호〉에 관련된 사건이라고?

"뭐, 그 안에서 문제가 생긴 거야?"

"그 안이라고 해야 하나, 아니면 바깥이라고 해야 하나?"

"바깥?"

"〈천년호〉 제작사가 어딘지 알아?"

"만선팩토리잖아."

자신이 투자했던 곳인 만큼 모를 리 없다.

"그곳이 망했어."

"뭐?"

노형진은 어이가 없어서 입을 쩍 벌렸다.

만선팩토리가 망하다니?

물론 투자금과 이익금을 받았으니 더는 볼일이 없다고 하지만, 그곳이 망하다니? 그건 말도 안 되는 소리다.

"그게 무슨 소리야, 만선팩토리가 망하다니? 관객 1천만이 뭐 쉬운 것도 아니고 말이야."

관객 1천만을 달성하면 보통 영화제작사가 가지고 가는 수익은 400억 정도 된다.

그런데 그런 엄청난 금액을 벌어들인 회사가 도대체 왜 망한단 말인가?

더군다나 〈천년호〉는 사극이고 기존 세트장을 활용한 부분이 많아서, 손익분기점도 무척이나 낮았다.

"아, 망했다기보다는 스스로 문을 닫았지."

"스스로 문을 닫아? 아하, 개별 영화제작사였구면."

"알아?"

"알지. 그래도 내가 영화 쪽을 좋아하잖아."

영화를 만드는 곳은 많다. 대표적인 곳도 몇 군데 있고 말이다.

하지만 모든 영화가 그런 곳에서 만들어지는 것은 아니다.

개별 영화제작사라고 해서, 각 영화별로 따로 법인을 내고 영화의 제작이 끝나면 그 법인을 해산하는 경우도 적지 않다.

추가적인 영화제작 부담도 없고 회계 문제도 깔끔해서, 요즘은 그런 식으로 많이 제작하는 추세다.

"그런데 그게 왜?"

만일 투자비를 상환하지 않고 날린 거라면 자신이 모를 리 없다. 자신이 〈천년호〉의 투자자니까.

"거기서 인건비를 떼먹었어."

"인건비?"

"응. 그거 때문에 소송이 들어왔고."

"아……."

노형진의 입에서 곧바로 탄식이 흘러나왔다.

"이런 개자식들이 또⋯⋯."

"또? 아는 사람이야?"

"아니, 아는 사람이 아니라, 이런 짓거리 하는 놈들이 많아서. 그 인건비라는 거, 엑스트라비랑 조연 출연료 같은 거지?"

"어? 어떻게 알았어?"

"뻔하지, 뭐. 개자식들."

개별 제작사의 좋은 점이 깔끔한 회계 문제라고 했다.

그런데 이를 반대로 말하면, 그대로 문을 닫고 도망가면 책임을 물을 곳이 없다는 뜻이 된다.

"이거 영화계의 고질적인 문제 중 하나야."

엑스트라나 조연의 경우는 힘이 없다.

그러니 출연료를 주지 않고 그대로 문을 닫아 버리면 돈을 받을 방법이 없다.

당사자가 사라져 버렸는데 소송을 한다고 해서 무슨 돈을 받아 낼 수가 있겠는가?

"정확하네. 사건이랑 일치해."

"얼만데?"

"인건비 15억."

절대 작은 돈이 아니다.

하지만 〈천년호〉라는 영화의 수익을 기준으로 보면 얼마 안 되는 돈이다.

더군다나 투자자들에게는 줬으면서 그들에게는 안 줬다?

애초에 투자자에게 돌아가는 수익은 원가를 빼고 계산하는 거다.

즉, 그 돈을 주고 난 나머지 금액에서 줘야 하기 때문에, 돈이 없어서 인건비를 못 줬다는 소리는 나올 수가 없다.

"설명하지 않아도 되니까 편하네."

손채림은 들고 있던 서류를 책상에 내려놨다.

그리고 맞은편에 앉아서 노형진을 바라보았다.

"방법이 있어?"

"없지."

노형진은 머리를 긁었다.

"애초에 말이야, 방법이 있었으면 이 짓거리가 수십 년간 계속되어 오겠냐?"

"끄응, 그렇지."

어떤 경우는 주요 배우들조차 돈을 받지 못하기도 한다.

그럴 수밖에 없는 게, 소송을 해도 그 객체가 될 기업이 사라진 후이기 때문이다.

결국 어찌어찌 전 대표에게 소송을 걸어도, 그들은 전문적인 팀을 붙여서 2년이고 3년이고 계속 시간을 질질 끈다.

그래서 어떤 배우는 돈을 받는 데에만 무려 5년이 넘게 걸렸다. 못 받는 경우는 그보다 훨씬 많고.

"그때 그 배우는 그나마 톱으로 분류되는 배우였지. 변호사들도 빵빵했고."

하지만 엑스트라급이나 잡무를 보던 사람들은 전관급의 빵빵한 변호사를 선임하는 데 한계가 있다.

"그러면 어떻게 해야 하나? 안 된다고 해?"

안 되는 건 안 된다고 하는 것이 새론의 규칙이다.

받을 수 있다고 살살 꼬드겨서 이중으로 돈을 받아 내지 않게 하기 위해서였다.

"글쎄다."

"'글쎄다.'는 또 뭐야?"

"법적으로는 못 받아. 하지만 내 스타일 알잖아?"

"법적으로는 못 받는데 편법을 부리겠다 이거네."

"편법이라니! 편법이 아니야. 그냥 같이 죽자는 거지."

"같이 죽자?"

"그래."

손채림은 고개를 갸웃했다.

같이 죽자니.

"뭐, 해 본 적은 없는 방법이기는 한데. 가능성은 충분히 있다고 생각해."

"끄응……."

손채림은 이걸 어떻게 해야 하나 고민했다.

'받을 수 있을 것 같지는 않다. 하지만 엿은 먹일 수 있다.'라는 건데.

"애초에 민사의 대부분이 상대에게 엿 먹이려고 하는 거라는 건 알지?"

"그렇기는 한데……. 결국 의뢰인들에게 물어봐야겠네."

노형진은 고개를 끄덕거렸다.

"어차피 결정은 의뢰인들이 하는 거니까."

"무태식 변호사님, 진짜로 하시려고요?"

"아이고, 당연하지요. 말도 마세요. 저도 그런 거 두 개나
해 봤습니다."

"그래요?"

"네. 그런데 졌어요."

알고 보니 이런 사건이 들어온 게 처음은 아니었다.

어쩌다 보니 무태식 변호사에게 배당되었는데 두 건 다 졌
다는 것이다.

애초에 영화도 폭망 해서 남은 돈도 없었으니까.

"거기에다가 의뢰인 중에 아는 분이 있는데 제가 어떻게
모른 척합니까?"

"아는 분?"

"네. 배우인데, 두 번이나 의뢰했다가 두 번 다 지신 분이
에요."

"허."

이것이 법이다

그러니까 그 의뢰인은 벌써 세 번째 인건비를 받지 못하고 있다는 소리였다.

"아주 그냥 재수 옴 붙었다고 치를 떠시더니 결국 세 번째까지 오시네."

"억울할 만하네요."

무태식 변호사는 나중을 위해서라도 이번 사건을 가까이에서 보고 싶다는 의견을 전해 왔다.

노형진은 그런 그의 의견을 받아들였다.

"피해자분들이 오셨어."

때마침 문이 열리면서 두 사람이 들어왔다.

수많은 피해자들을 대신해서 대표가 된 두 사람은 상당히 피곤한 얼굴이었다.

"반갑습니다."

노형진은 인사를 건넸고, 무태식은 그중 한 명에게 다가가 꽉 안아 줬다.

"안중택 씨, 고생이 많으시네요."

"무 변호사님은 또 뵙네요. 이런 걸로 자주 뵙는 게 안 좋은데."

안중택이라 불린 남자는 씁쓸한 표정으로 인사를 건넸다.

"이번에는 꼭 이길 수 있습니다. 그래서 제가 이렇게 비밀 병기를 따라온 거 아닙니까? 하하하!"

무태식이 호탕하게 웃었지만 안중택은 왠지 힘이 없어 보였다.

"하기는 하지만'사실 힘들다는 거 압니다. 저도 한두 번 당한 게 아닌데요."

"하아……."

다른 한 명도 한숨만 쉬었다.

"아, 이쪽은 소인성 씨입니다. 이쪽은 스태프 팀이에요."

"스태프?"

"네. 뭐, 세트 만드는 일을 하는 쪽이었지요."

"아하!"

카메라를 빌려주거나 하는 곳들은 돈이 들어오지 않으면 장비를 빌려주지 않는다.

하지만 스태프의 경우는 후불로 일하는 경우가 많다.

"진짜 이 짓거리는 하기 싫었는데."

씁쓸하게 웃는 안중택.

"그런데 왜 나서시는 거예요? 이거 힘든 거 아시잖아요."

딱 봐도 몸이 안 좋아 보이는 안중택을 향해 무태식은 걱정스럽게 물었다.

벌써 두 번이나 소송해 봤으니 안 된다는 걸 다 알 거다. 그리고 본인도 힘들었을 테고.

그런데 나서서 소송을 하다니.

"포기시키려구요."

"포기?"

"네. 다들 받을 수 있을 거라고 기대하더라구요. 그렇게 매달려 봐야 자기들만 힘든데……. 그래서 소송하고, 포기시키려구요. 저야 기대도 안 하니 그다지 힘들 건 없다지만."

처절한 현실에, 옆에 있던 손채림은 고개를 들 수가 없었다.

자신들이 그렇게 재미있게 보던 영화가 설마 이런 식으로 사람을 속이고 쥐어짜서 만드는 거라고는 생각도 못 했던 것이다.

"포기라……."

소송이라는 것은 당사자가 있어야 성립된다.

하지만 상대방은 그런 법적인 허점을 이용해서 당사자를 날려 버리는 방식으로 돈을 요구할 수 있는 대상을 없애 버리는 것이다.

"일단 돈을 청구해서 받을 가능성은 거의 없다는 거, 다들 아시지요?"

노형진은 그들을 보면서 차분하게 말을 꺼냈다.

그러자 두 사람은 포기하기 위해 왔다는 말 그대로, 힘없이 고개를 끄덕거렸다.

"하지만 방법이 아예 없는 건 아닙니다."

"네? 하지만 다른 변호사들은 하나같이 방법이 없다고 하던데요."

"소송으로 직접 받아 내지는 못합니다. 하지만 소송 자체로 상대방을 괴롭히면서 피를 말리는 방법이 있지요."

"피를 말려요?"

"네. 주로 돈 있는 사람들이 많이 쓰는 방법입니다."

두 사람은 얼굴을 찌푸렸다.

사람을 괴롭혀 피를 말린다니, 설마 조폭이라도 동원하겠다는 뜻인가 하는 얼굴이었다.

"아아, 걱정하지 마세요. 폭력을 동반하거나 불법적인 일을 하겠다는 것이 아닙니다."

"그럼요?"

"말 그대로입니다. 그들의 추가 수익을 철저하게 막는 겁니다."

"추가 수익을 막는다는 게 무슨 말이지요? 이미 영화는 나갔는데요."

노형진은 씩 웃었다.

"시대가 바뀌었습니다."

"그게 무슨 말씀이신지……?"

"과거에는 영화가 영화관에서 내려가면 그 후에는 추가 수익이 별로 없었지요."

비디오테이프로 발매해서 소량 판매되든가, 아니면 대여점으로 판매된다. 그리고 시간이 지나면 명절에 텔레비전에서 특선 영화로 나가는 정도.

그 정도가 다였다.

"하지만 지금은 21세기지요. 영화관에서 내려왔다고 해도 절대 끝이 아닙니다. 인터넷에서도 판매가 가능하고, IPTV 같은 것도 가능하죠. 그리고 해외 수출도 가능하고요. 사실 기업은 날아갔지만 저작권을 넘겨받은 다른 작자가 있지 않습니까?"

"그건 그렇지요."

일종의 편법이다.

저작권을 넘겨받은 사람은 저작권자일 뿐 제작자가 아니라서 인건비를 줄 이유가 없다.

"그 사람의 피를 말리는 작전입니다."

"하지만……."

"미안해하실 거 없습니다. 설마 그 저작권을 가진 사람이 이번 일과 아무런 관련이 없는 선의의 제삼자일 거라고 생각하시는 건 아니지요?"

다들 고개를 흔들었다.

그럴 리 없다.

어떤 멍청한 놈이 천만 영화의 저작권을 아무런 관련도 없는 사람에게 넘겨주겠는가?

"제 계획은 그가 영화로 수익을 내지 못하게 하는 겁니다."

"하지만 그걸 어떻게 막습니까? 저희도 사용 금지 가처분 신청을 냈습니다. 하지만 안 먹혀요."

사용 금지 가처분 신청을 낸 적도 있다. 하지만 먹히지 않았다.

수백억짜리 작품인데 그걸 몇억 때문에 사용하지 못하면 피해가 너무 크기 때문이다.

"그래서 제가 방법이 틀렸다고 한 겁니다."

"그러면 무슨 수로요?"

노형진은 씩 웃었다.

"여러분, 〈베니스의 상인〉이라는 작품 아십니까?"

"〈베니스의 상인〉?"

"그거 셰익스피어 작품이잖아."

베니스에서 상인으로 일하고 있는 안토니오가 친구를 위해 유대인 고리대금업자 샤일록에게 돈을 빌렸다가 갚을 수 없게 되자 계약 조건대로 심장에서 가장 가까운 살 1파운드를 넘겨야 하는 상황에 처하지만 조건에 '살'만 명시되어 있다는 점을 이용하여 위기에서 빠져나온다는 내용의, 4대 비극만큼은 아니지만 상당히 유명한 작품이다.

"그거 다들 아는 내용 아닙니까? 하지만 그게 이번 사건과 무슨 관계가 있다는 건지……."

물론 전형적인 권선징악이고 좋은 이야기이기는 하지만, 그걸 들려준다고 해서 상대방이 반성하면서 돈을 줄 가능성은 없다.

"관련이 있지요. 우리의 작전이 바로 이 〈베니스의 상인〉이니까요."

"〈베니스의 상인〉이라고요?"

"네. 계약서에는 단 한 방울의 피도 적혀 있지 않으니 피를 흘리지 않고 살만 가지고 가야 하는 겁니다, 후후후."

노형진은 씩 미소 지었다.

⚖

"이건 전혀 생각하지 못한 방향인데요?"

무태식 변호사는 노형진의 작전을 듣고 혀를 내둘렀다.

진짜로 누구도 생각하지 못한 작전이었다.

"초상권이라니. 진짜 난 그건 생각도 못 했다."

"아무리 엑스트라라고 하지만 그들도 배우야. 그런 배우들이 출연한 영화에는 당연히 초상권이라는 게 존재하지."

초상권.

본인의 얼굴에 대해 갖고 있는 고유의 권리다.

그리고 그들은 배우다.

"배우는 배우로서 그 얼굴에 대한 대가를 받고 영화에 출연하지. 하지만 이 영화는 대가를 받지 못했어."

노형진은 서류를 정리하면서 말을 이어 갔다.

"당연히 그 초상권의 발생 사유가 사라지는 거지."

"큭큭, 우리는 그냥 체불임금만 생각했는데."

"맞습니다. 배우로서의 가치는 솔직히 전혀 생각해 보지 않았네요."

무태식은 지금까지의 재판에서 패배한 게 미안한 듯 머리를 북북 긁었다.

"다들 그렇게 생각하지요. 돈만 받을 수만 있으면 된다고 말입니다. 하지만 돈을 받지 못한다면 당연히 그걸 쓰지도 못하게 하는 게 정상 아닐까요?"

"그래서 방송 금지 가처분 신청을 냈는데 말이지요."

"그건 통과될 리 없습니다. 법적으로 너무 복잡하거든요. 선의의 제삼자라는 식으로 저작권자가 실드를 치면 이쪽에서 파고들 틈도 없구요."

"네, 맞습니다."

고개를 끄덕거리는 무태식.

실제로 그런 식으로 소송을 걸었다. 하지만 그들은 선의의 제삼자라는 이름으로 방어했다.

채권에 대해 선의의 제삼자는 책임이 없다.

즉, 이쪽에서 방송이나 판매를 막고 싶어도 막을 방법이 없다는 소리다.

"하지만 초상권은 다르지요."

초상권은 기본적 권리 중 하나다.

그리고 제삼자에 대해서도 그 영향력을 발휘하는 권리다.

"인건비라고 하지만 사실 엄밀하게 말하면 출연료입니다."

영화에 출연한 대가와, 그 사람이 그 영화에서 촬영되는 초상권에 대한 대가가 포함되어 있는 것이다.

이것이 법이다

"하지만 이 영화가 끝나고 그 돈을 받지 못했지요. 그러면 우리는 초상권을 이유로 사용 금지를 요청할 수 있습니다. 피해자가 한두 명도 아니니까요."

"영화가 아주 개판이 되겠는데?"

"그래. 주연 영화배우는 안토니오의 가슴살이 되는 거지."

그리고 엑스트라는 바로 피가 된다.

〈베니스의 상인〉에서는 피를 한 방울도 흘리지 말고 가슴살만 가지고 가라고 했다.

"그러니 앞으로 엑스트라들의 얼굴을 모조리 지우고 영화를 상영해야겠지, 후후후."

⚖️

유온진은 자신에게 날아온 소장을 보고 기가 막혀서 말이 안 나왔다.

"뭐야? 초상권 침해 금지 가처분 신청?"

무려 이백여든 명의 피해자가 걸어온 초상권 침해 금지 가처분 신청.

지금까지 몇 번이나 이런 일을 해 왔지만 이런 소송은 처음이었다.

"이 새끼들 이거 뭐야?"

"우리한테 돈을 못 받은 놈들입니다."

"돈? 무슨 돈?"

"인건비를 못 받았다고……."

"뭐? 그래서 소송을 했다고? 이 새끼들, 그거 몇 푼이나 한다고!"

물론 다 합하면 무려 15억에 달하는 큰돈이다.

하지만 피해자는 이백여든 명.

그러니까 개개인으로 따지면 큰돈은 아니다.

몇십만 원부터 몇백만 원 사이를 왔다 갔다 하는 수준.

"이런 비렁뱅이 새끼들! 한국 영화계를 위해 그 정도 희생도 못 하겠다 이거야 뭐야?"

어이가 없다는 듯 외치는 유온진.

"사장님, 당장 해결책을 모색해야 합니다."

"해결책? 무슨 해결책? 씹어. 언제는 안 씹었어?"

돈을 안 주고 버티면 저쪽에서 알아서 소송을 걸어올 테고, 그때 이쪽에서 전관 붙이면 알아서 나가떨어진다.

조금도 귀찮을 이유가 없는 것이다.

그런데 무슨 대비책이 필요하단 말인가?

"사장님, 이번 사건은 그런 게 아니라서……."

"무슨 개소리야? 이런 새끼들한테 굽히고 들어가자 이거야?"

"아니, 그게 아닙니다."

부하는 땀을 뻘뻘 흘렸다.

설명은 해 주고 싶은데 뭐라고 해야 할지 머릿속이 하얗게

변해서 해 줄 수가 없었던 것이다.

그러나 다행인지 불행인지, 그걸 설명해 줄 사람이 바로 전화해 줬다.

ㅡ유 사장님.

"아이고, 김 부장님! 어쩐 일로 전화를 다 주시고."

상대방은 한국의 모 IPTV의 부장이었다.

안 그래도 영화 판매에 관해서 한창 이야기하고 있었기 때문에 유온진은 지금 기분과는 상관없이 사근사근한 목소리로 전화를 받았다.

ㅡ〈천년호〉 말입니다.

"네, 부장님. 일정이 결정되었나요?"

ㅡ무슨 소리 하는 겁니까? 이거 사용 금지 가처분 신청이 들어갔는데.

"에이, 그거야 금방 풀립니다. 아시지 않습니까?"

ㅡ우리 쪽 변호사는 다르게 이야기하던데요.

"네?"

유온진은 당혹했다. 다르게 이야기하다니.

"그럴 리가요. 이런 거 한두 번도 아니고……."

ㅡ그건 임금에 관련된 거였고, 이건 초상권 침해 아닙니까?

"그…… 그런데요?"

ㅡ임금은 제삼자한테 달라고 하지 못하지만 초상권은 제삼자라고 해도 보호할 의무가 있답니다.

"그게 무슨 말씀이신지……?"

―이거 방송 못 한단 말입니다.

유온진의 얼굴이 악귀처럼 일그러졌다.

방송이 시작되면 못해도 100억대 수익은 낼 수 있는 상황이다. 그런데 방송을 못 한다고?

"부장님, 그럴 리가요. 저희는 분명히……."

―출연한 사람들한테 임금 안 줬다면서요?

"그건…… 제가 아니라 전에 제작자들이……."

―유 사장, 이거 왜 이래요? 우리가 바보로 보여요?

다 알고 있는 사이다. 그리고 그 뻔한 거짓말에 자신이 넘어갈 리 없다.

설사 그 말이 사실이라고 해도, 법적으로는 여전히 문제가 된다.

―출연료를 안 주면 출연 자체가 무효화되는데, 그럼 이거 빼도 박도 못한 초상권 침해예요. 그런데 이걸 우리보고 내보내라고요?

"그건……."

―지금 우리더러 엿 먹으라는 겁니까?

김 부장은 언성이 높아질 수밖에 없었다.

그럴 수밖에 없는 게, 초상권 침해로 인한 방송 금지 가처분 신청서에 명백하게 쓰여 있었다.

만일 그대로 내보내면 그에 대한 손해배상을 청구하겠다고.

그 말은 소송 당사자인 유온진만이 아니라 자신의 회사에도 배상을 청구한다는 뜻이다.

이쪽에서 안 주면 방송 기자재부터 압류하겠다고 덤빌 게 뻔한데, 그런 일이 벌어지면 김 부장은 바로 목이 날아갈 것이다.

―지금 나 엿 먹이려는 거죠?

"그럴 리가요! 아닙니다, 김 부장님!"

―어찌 되었건 이거 해결될 때까지 우리 이거 방송 못 하니까 그렇게 알고 있어요!

버럭 소리치고는 전화를 팍 끊어 버리는 김 부장.

유온진은 당장 무서운 눈으로 부하를 노려보았다.

"이게 무슨 말이야?"

"아마 설명 들으셨을 겁니다. 이게 초상권 문제 때문에 계약이 틀어지고 있습니다."

"틀어지고 있습니다아?"

"중국 쪽 바이어에게서 급하게 연락이 왔습니다, 이게 무슨 소리냐고."

"뭐?"

중국 시장은 어마어마하게 크다.

한국에서보다 더 벌었으면 벌었지 덜 벌지는 않을 곳이다.

그런데 그쪽에서 태클이라니.

"자기들한테도 거래 금지 가처분 신청이 왔답니다."

"그게 말이나 돼? 판사들은 죄다 병신이야?"

"그게 아니라, 가처분 신청이라는 게 현재 급박한 피해가 예상될 때 일단 멈추게 하고 그 후에 해결을……."

설명하던 부하는 날아온 재떨이에 이마를 맞고는 그대로 뒤로 넘어갔다.

"일을 어떻게 하는 거야, 이 새끼야!"

"……."

"당장 변호사 부르고 해결해!"

수백억짜리 계약이 날아가기 직전이라는 말에 유온진은 부들부들 떨고 있었다.

⚖

해결책이라고 해 봐야 결국은 소송뿐이었다.

유온진의 변호사는 가처분 신청 취소 소송을 걸었는데 노형진이 그걸 정식 소송으로 바꿨으니까.

당연히 하루라도 빨리 영화를 팔아야 하는 유온진은 다급할 수밖에 없었다.

"재판장님, 이건 명백하게 업무방해입니다. 해당 작품은 적법한 절차로 제작되어서 유통된 저작물이라 영화관에서 상영까지 되었습니다. 거기에 출연한 사람들은 그 촬영 업무를 했던 자들입니다. 그들의 초상권을 이유로 작품의 사용이 금지된다는 것은 말도 안 되는 소리입니다."

상대방 변호사는 이번 사건을 어떻게 해서든 해결하라는 소리를 듣고 왔다.

그래서 처음부터 강하게 나가고 있었다.

"원고들은 이미 해당 저작물에 출연하기로 계약하고 영화에 출연하였습니다. 그런데 이제 와서 초상권 침해라는 것은 말도 안 되는 주장입니다."

상대방 변호사의 말에 노형진은 피식 웃었다.

"원고 측 변호인, 할 말 있습니까?"

"재판장님, 배우라는 게 뭡니까? 결국 자신의 얼굴을 걸고 영화에 출연해서 그 영화를 빛내 주는 사람입니다. 즉, 출연 계약을 하고 출연을 결정하는 순간 그 초상권의 사용에 동의한 셈이지요. 하지만 만일 그 계약 자체가 무효라면 문제가 됩니다. 명백하게 위계에 의한 계약이니까요."

노형진은 천천히 미리 제출된 증거를 열었다.

"증제2호를 봐 주시기 바랍니다. 해당 자료는 그 당시 배우들이 출연을 계약했던 계약서입니다. 그 계약의 내용에 따르면 원고들은 영화에 출연하는 조건으로 소정의 출연료를 받는 것으로 되어 있습니다. 하지만 증제5호를 보시면 원계약자였던 만선팩토리는 영화제작 이후 가장 먼저 투자자들의 투자분 및 이익을 상환하고 갑작스럽게 영화사를 폐업 처리했습니다. 그 당시에 천만이 넘는 관객 동원 기록을 달성하고 영화관 상영으로 공식적인 수입만 489억을 냈음에도 불구하고 말입니다.”

“만선팩토리의 폐업은 우리와 관련이 없습니다.”

“그래요?”

노형진은 유온진의 변호사를 물끄러미 바라보았다.

'과연 관련이 없을까?'

물론 없을 것이다. 공식적으로는 말이다.

하지만 이미 노형진은 관련이 있다는 것을 알고 있다.

'뭐, 그걸 가지고 싸울 이유는 없지.'

관계에 대해서는 나중에 따지고 들면 되는 것이다.

“그건 중요한 게 아니죠. 결국 위계로 인한 불법적인 계약이었고, 애초부터 만선팩토리는 임금을 지급할 의사가 없었습니다. 즉, 계약은 애초부터 무효였다는 거죠. 당연하게도 그로 인한 계약의 모든 효력은 인정되지 않습니다. 영화에 출연한 배우들의 계약은 간단합니다. 연기를 통해 영화에 생명을 불어 넣는 것입니다. 하지만 그 출연 계약 자체가 무효인 만큼 이 작품은 불법에 의한 저작물이라는 뜻이 되니, 명백한 초상권 위반이 됩니다.”

노형진이 한마디 한마디 할 때마다 상대방 변호사는 말문이 막혔다.

초상권으로 소송이 들어온 건 처음이라 어떻게 변론을 해야 할지 앞이 막막했다.

"재판장님, 피고는 계약이 위계에 의한 무효라고 주장하고 있지만 그러한 주장은 아무런 증거도 없습니다. 비록 전 저작권자인 만선팩토리가 사업상의 이유로 망했다고 하지만······."

"망한 게 아닙니다. 자진 폐쇄한 거지요. 본질을 흐리지 마세요."

노형진은 상대방 변호사를 보면서 차갑게 말했다.

그러자 상대방 변호사는 잠깐 노형진을 바라보다가 입술을 깨물었다.

"어찌 되었건 폐쇄했다고 하지만, 그게 위계를 이용한 계약이라는 증거는 안 됩니다."

위계에 의한 계약의 인정 여부는 상당히 중요하다.

그럴 수밖에 없는 게 위계, 즉 속임수를 써서 한 계약은 법원에서 인정하지 않기 때문이다.

인정되지 않는 법률행위는 당연히 보호를 받지 못하고 말이다.

그리고 취소한 것과 무효인 것은 전혀 다른데, 취소한 것은 일단 발생한 효력을 무효로 돌리는 행위다.

그에 반해 무효는 그 행위 자체가 아예 인정되지 않는 것.

'그 두 개는 비슷하지만 전혀 다르지.'

예를 들어서 음주운전으로 운전면허가 취소된 행위가 어떠한 사유에 의해 다시 취소되는 경우, 그건 두 가지 가능성이 있다.

하나는 그 행위의 존재가 인정되나 생계 곤란과 같은 이유로 법원에서 선처하는 경우이고, 다른 하나는 음주 측정을 하는 기계의 고장으로 인해 측정이 잘못된 경우다.

무효는 그 음주 측정 행위 자체가 아예 잘못된 경우, 그러니까 당사자가 범죄를 이용하거나 그에 준하는 속임수를 써서 상대방을 속였다는 뜻이다.

'즉, 무효가 된다는 것은 결국 영화 자체가 상영 불가능하다는 거지.'

노형진은 그 부분을 노리고 있었다.

"과연 그럴까요? 제판장님, 증제4호를 봐 주시기 바랍니다. 이건 영화의 투자자들에게 투자금 및 이익금이 반환된 내역입니다."

"재판장님, 이건 불법적으로 얻은 증거입니다. 어디서 얻었는지 모르지만 절도나 복사 등을 통해 불법적으로 얻은 증거는 인정해서는 안 됩니다."

상대방 변호사는 그게 무슨 의미인지 알고 있기 때문인지 판사에게 해당 증거를 인정하지 말라고 다급하게 말했다.

노형진이 피식 웃었다.

"그거 불법적으로 얻은 증거 아닙니다만?"

"거짓말하지 마세요! 이미 확인했습니다! 투자자분들 중에서 자료를 주셨다는 분은 한 분도 안 계셨습니다. 재판장님!

이 자료는 조작된 것이 분명합니다!"

'얼씨구.'

노형진은 변호사의 말에 혀를 끌끌 찼다.

물론 확인은 했을 것이다, 자신들과 친한 사람에게.

"저는 그런 연락을 받지 못했습니다만?"

"당신은 소송의 대리인일 뿐입니다. 그런데 당신에게 연락을 할 리 없죠!"

"그래요?"

노형진은 피식 웃었다. 그리고 증거를 꺼내서 흔들었다.

"이건 제 기록입니다만."

"뭐라고요?"

"이 기록 말입니다. 제가 투자한 기록입니다. 증거로 제출하면서 이름을 삭제하기는 했습니다만. 어떻게, 제 주민등록번호라도 까 볼까요?"

변호사는 얼굴이 우그러들었다.

'그렇지. 그런 뻔한 속임수 나올 줄 알았다.'

전화해서 확인한 이들 중에 자료를 줬다 한 사람이 없다 했지 모든 투자자에게 전화해서 확인했다고는 하지 않았다.

그리고 나중에 걸리면 당연히 나올 변명.

"실수로 누락된 듯하네요."

"그래요?"

노형진은 고개를 갸웃했다.

"제가 〈천년호〉에 투자한 금액이 30억입니다. 개인 투자자 중에서는 가장 많이 한 걸로 알고 있는데 어떻게 실! 수! 로! 누락되었을까요?"

"크윽."

이름이 실수로 누락되는 경우도 투자 금액이 적은 사람들 중에서나 일어날 수 있는 일이다.

애초에 금액 순서대로 뽑으면 언제나 맨 앞에, 가장 앞줄에 있는데 그걸 놓친다는 건 말이 안 된다.

"아…… 아무래도 기록을 가나다순으로 뽑다 보니……."

필사적으로 변명하는 변호사를 보면서 노형진은 속으로 피식 웃었다.

하지만 판사는 그 말을 미심쩍은 표정으로 듣고 있었다.

기업이 무슨 학교도 아니고, 수십억의 투자자 순서를 가나다순으로 뽑는다는 게 말이나 되겠는가?

당연히 금액 순서지.

'뭐, 중요한 건 그게 아니니까.'

노형진은 쓸데없는 싸움을 하는 대신에 다시 판사를 바라보았다.

"재판장님, 이 기록을 봐 주시기 바랍니다. 이 기록에 따르면 영화 투자의 정산은 상영 종료 한 달 후부터 이루어졌습니다. 그에 반해 원고들이 제출한 각서에 따르면, 원계약자였던 만선팩토리는 상영 종료 두 달 후부터 출연료 지급 각서를 작성하면서 폐업하는 순간까지 지급을 미뤄 왔습니다."

"아무래도 다급하게 요구하는 분들이 계시니까……."

"글쎄요. 전 이해가 안 가는데요."

"뭐가 말입니까?"

"투자자에게 들어가는 수익은 결국 모든 소요 비용을 뺀 후에 남은 수익을 투자금의 비율에 따라 지급하는 거 아닌가요? 그렇다면 만선팩토리는 아직 소모 비용의 정산도 끝나지 않은 상황인데도 불구하고 투자자가 요구하니까 돈을 줬다는 건데요."

"그렇습니다만."

"저는 요구하지 않았습니다만."

"다른 분이 요구하셨을 테고, 아무래도 형평성의 문제가 있으니까 동시 제공하는 쪽으로……."

필사적으로 변명하는 변호사.

하지만 그게 말도 안 되는 변명이라는 것은 본인 스스로가 가장 잘 알고 있을 것이다.

"그 부분은 그렇다고 친다 해도, 마지막으로 쓴 지급 각서의 날짜가 고작 폐업 사흘 전입니다. 만선팩토리 정도 되는 기업이 갑자기 폐업 결정을 내릴 리는 없으니 폐업 사흘 전이면 이미 폐업 결정이 났거나 갑자기 폐업할 수밖에 없는 상황이 벌어졌다는 건데, 그럼에도 불구하고 의미가 없는 각서를 써 준 이유가 뭔가요?"

"저는 만선팩토리의 변호사가 아닙니다. 그건 제가 변론할 사항이 아닙니다."

딱 잘라서 말하는 피고 측 변호인.

노형진은 그런 그에게 다시 한 번 물었다.

"진짜입니까?"

"진짜입니다."

"그러면 만선팩토리에 대해서는 전혀 모르시는 거네요?"

"그렇습니다."

"그럼 만선팩토리가 위계에 의한 계약을 했는지 아닌지도 모르시겠네요?"

"안 했다니까요."

그는 항변하다가 아차 했다.

노형진의 얼굴에 떠오르는 미소를 보고 자신이 방금 어떤 실수를 했는지 알아차린 것이다.

"방금은 만선팩토리에 대해 전혀 아는 바가 없다면서요? 그런데 어떻게 그들의 계약 사항을 아십니까?"

"……."

변호사는 눈을 데굴데굴 굴렸다.

안다고 하자니 결국 만선팩토리가 자신들과 연결된 것을 인정하는 셈이 되고, 모른다고 하자니 위계에 의한 계약이 인정되어 이 재판에서 질 수밖에 없게 된다.

"그건 그냥 느낌상……."

"재판정에서 느낌이 중요한 것 같군요. 재판장님, 저는 만선팩토리가 애초에 사기를 칠 목적으로 계약했다고 느끼고 있습니다. 판사님은 어떠신가요?"

노형진의 질문에 판사는 근엄하게 말을 꺼냈다.

"판사로서 아직 확실하지 않은 질문에 대해서는 답변하지 못하겠군요."

"알겠습니다, 판사님. 판사님께서는 증거와 법률에 근거해서 판결을 내려 주시기 바랍니다."

노형진은 아주 당연한 말을 했지만 상대방 변호사는 울상이었다.

그럴 수밖에 없는 게, 증거를 보면 자신들에게 불리하니까.

"재판장님, 위계에 의한 계약이라는 증거는 그것 말고도 또 있습니다."

"또?"

"그렇습니다. 증제12호를 봐 주시기 바랍니다."

이번에 노형진이 꺼낸 것은 직원의 명단이었다.

명단 일부에 밝은 색으로 칠해진 이름이 보였다.

"그 기록은 만선팩토리 임직원들의 명단입니다."

"그래서요?"

"이러한 출연료 미지불은 영화계에서는 흔하게 벌어지는 사건입니다. 저희 로펌에서만 해도 벌써 세 번이나 사건을 맡았으니까요."

"그건 이번 사건과 관련이 없습니다."

얼마나 많은 사건이 벌어지든, 모든 사건은 기본적으로 케이스 바이 케이스다.

비슷하면 비슷한 성향을 가지는 게 맞기는 하지만 그렇다고 해서 전 사건과 동일할 수는 없다.

"그렇지요. 케이스 바이 케이스지요. 하지만 사람은 그렇게 될 수 없습니다."

노형진은 다시 한 번 명단을 넘겼다.

아까 전의 종이에는 노란색으로 표시되어 있던 이름이 이번 페이지에는 주황색으로 표시되어 있었다.

"다른 명단으로 넘어가 주시기 바랍니다."

노형진의 말에 따라 명단을 넘기고 있기는 하지만 자꾸 같은 이름에 색만 다르게 칠한 게 나오니 판사는 이해하지 못한 듯했다.

"원고 측 변호인, 이게 뭡니까? 왜 같은 이름에 색만 바꿔서 칠해 놨지요?"

"그 이유는 간단합니다. 다 다른 기업의 사람들이거든요."

"다른 기업?"

"그게 무슨……?"

당황한 피고 측 변호사는 황급하게 명단을 확인했다.

명단이 비슷비슷하기는 했다.

회사 이름 없이 이름의 순서와 색만 바뀌었기에 왜 색칠했나 하고 있었는데 다른 기업이라니.

"맨 앞에 있는 페이지는 이번 사건의 당사자인, 아니 당사자여야 하지만 기업을 폐쇄한 만선팩토리입니다. 그리고 그 전페이지는 역시 임금을 지불하지 않고 기업을 폐쇄한 한방프로덕션이고, 그 전 페이지는 똑같이 폐쇄한 대박프로젝트입니다. 그 전 페이지 역시 같은 행동을 한 인생팩토리이고요."

같은 이름이 수차례 등장한다.

달라지는 것은 단 하나, 그들의 직급뿐이다.

"제가 표기한 분들은 사장과 이사, 전무 등등 상위직을 서로 돌아가면서 하고 있습니다. 그렇게 무려 다섯 개 기업에서 다섯 편의 영화를 만들었고, 그 모든 기업들이 입금을 지불하지 않은 채로 폐업했습니다."

"⋯⋯!"

그러자 피고 측 변호인의 눈빛이 크게 흔들렸다.

'그럴 줄은 몰랐겠지.'

아무리 영화판이 개판이라고 하지만 그렇게 등쳐 먹으면서 도망 다니는 인간들이 수백 명이 되지는 않을 것이다.

노형진은 그 부분이 의심스러워서 비슷한 행동을 했던 기업들의 명단을 획득해서 비교해 본 것이다.

'어떻게⋯⋯.'

지금까지는 누구도 그런 생각을 하지 않아 묻혔지만, 막상 비교해 보자 그들의 전적이 모두 드러났다.

"무려 5회에 걸쳐서 임금을 주지 않고 도망간 자들입니다. 그런 자들이 이번 영화에서는 갑자기 임금을 지급하려고 할까요?"

노형진은 피고 측 변호사를 바라보았다.

피고 측 변호사는 어쩔 줄 몰라 하면서 펄럭펄럭, 명단만 뒤적거리고 있었다.

'그런다고 해서 바뀌는 건 아니지.'

이미 그들의 행동이 드러난 이상 그들이 돈을 줄 거라는 그의 말을 판사가 믿어 줄 리 없었다.

"그리고 아까 피고 측 변호사가, 자신들은 아무런 관련도 없다고 하셨지요?"

"그렇습니다. 우리는 만선팩토리에서 정당하게 저작권을 넘겨받았습니다."

"그렇겠지요. 그런데 참 공교롭네요."

노형진은 눈을 반짝거렸다.

"그 돈 안 주고 폐업한 다섯 곳의 기업과 그곳에서 제작한 다섯 편의 영화. 모두 유온진 씨가 저작권자로 등록되어 있더군요."

변호사의 얼굴이 사정없이 일그러졌다.

내 얼굴은 비싸다고

"어쩔 줄 몰라 하는 거 보니까 변호사는 아무것도 몰랐던 것 같네요."

무태식은 당황해서 제대로 변론도 못 하고 나가던 피고 측 변호사의 모습을 떠올리며 크게 웃었다.

하긴, 자신이라도 그런 사실을 재판정에서 알았다면 아마 멘붕 했을 것이다.

"아무래도 남은 믿지 못하는 타입인가 봅니다."

범죄를 계속 저지르는 상습범은 두 가지 타입으로 변호사 를 선임한다.

하나는 기존에 맡겼던 변호사에게 계속 가는 방식.

자신에 대해 잘 알고 그만큼 잘 변론해 주니까.

다른 하나는 매번 변호사를 바꾸는 방식.

자신에 대해 너무 잘 알게 되면 혹시나 약점이 잡힐지도 모르기 때문이다.

"아마도 후자겠지요."

그리고 그렇게 의뢰를 맡길 때, 자신이 과거에 등쳐 먹고 도망갔다는 이야기를 할 리 없다.

'변호사에게는 최대한 자기에게 유리한 이야기만 하니까.'

당연히 이번 변호사는 과거의 사건에 대해서는 전혀 모르고 있었으니 당황할 수밖에.

'케이스 바이 케이스라고 하지만……'

그건 어디까지나 사건 이야기지, 인간의 이야기가 아니다.

인간이 같은 스타일의 범죄를 계속 저지른다면 그건 그냥 그자의 범죄 스타일이다.

"일단 계약이 무효인 것으로 몰고 가서 초상권 위반으로 가는 건 어렵지 않을 것 같습니다."

"그 영화 참 볼만하겠네."

손채림은 사건 이후의 영화 장면을 생각하고는 키득거렸다.

"그렇겠지."

소송에서 진다고 해도 방송을 할 수 있는 방법은 있다. 컴퓨터 그래픽으로 사람을 모조리 지우는 것이다.

물론 단순히 지우는 게 문제가 아니다.

그 빈자리를 모조리 채워야 하니까 그 비용 역시 어마어마하다.

심지어 사람 목소리도 쓸 수 없으니, 영화는 돈을 받은 몇몇 주연배우들이 혼자서 또는 둘이서 연기하는 것만 나올 것이다.

"그 액션 신에서 사람들이 지워지면 참 볼만하겠는데."

영상미를 극한으로 뽑아냈다는 호수에서의 전투 신.

아마 그 장면에서 출연 배우들을 모조리 지우고 나면 미친놈이 아닌 밤중에 혼자서 칼 들고 몸부림치는 것으로 보일 것이다.

그것도 온몸을 배배 꼬아 가면서 말이다.

"그렇게는 못 하겠지."

그딴 식으로 영화가 나가면 당연히 폭망 한다.

아니, 폭망 정도가 아니라 인류 역사상 최악의 영화가 될 것이다.

"그쪽에서 순순히 돈을 줄까?"

"그러면 좋겠지만."

그렇게 쉽게 줄 거라면 이런 재판을 하고 있지도 않을 것이다.

"아마 다음번에는 업무의 연장이라고 주장하겠지."

"업무의 연장?"

"업무로 인해 발생되는 모든 결과물은 기업의 소유거든."

즉, 업무 시간에 연구해서 특허를 내는 경우, 그 결과물의 특허권자는 그걸 연구한 연구자가 아니라 기업이라는 소리다.

"저들로서는 그거 말고는 답이 안 보일 테니까."

"위계에 의한 계약인 것은 거의 명확해. 하지만 업무로 본다면 계약 자체가 무효화되지는 않거든."

업무에 의해, 즉 일을 한 결과물이 나온 것이라면 속임수에 의한 계약이 아니라 단순 임금 체불 사건이 될 뿐이다.

"그리고 임금 체불 사건인 만큼 당사자가 없어지면 여전히 그 돈을 받을 방법은 요원한 거지."

물론 돈을 줘야 하는 대표 같은 인간에게 책임을 물 수는 있을 것이다.

하지만 그들이 이런 걸 한두 번 해 본 것도 아니고, 분명히 빼돌릴 수 있는 한 이미 다 빼돌린 후일 게 뻔했다.

"그걸 막는 게 우선이겠군요. 그러면 어떻게 그들의 주장을 타파할까요?"

"일단은 그들이 속한 곳의 계약서를 가지고 와야지요."

"속한 곳?"

"엑스트라는 모르지만 조연의 경우는 어지간하면 소속사가 있습니다."

"아하!"

조연들, 즉 최소 분량 이상의 대사를 할 정도의 사람들은 소속사가 있는 상황이다.

그런데 업무의 연장으로 본다면 그 소속사가 일종의 하청

업체가 되어 버린다.

"그 부분을 노리면 되는 거죠."

"그 부분이 노려지나?"

"노려지나가 아니라 노리게 만드는 거야. 문제는 엑스트라들인데……."

보호할 수 있는 소속사가 없는 엑스트라들은 그들의 주장에 대항하는 것이 쉽지 않다.

'그렇다고 엑스트라들에게 소속사를 만들어 줄 수도 없고.'

설사 만들어 준다고 해도 사건 이후에 소속사에 들어가 봐야 해 줄 수 있는 것은 없다.

"그 부분은 좀 생각을 해 봐야겠네."

노형진은 아무래도 그 부분이 머리 아픈 듯 턱 아래를 살짝 긁으며 눈을 찌푸릴 수밖에 없었다.

⚖️

"재판장님, 이번 사건에서 피고들의 행위는 업무의 연장이었습니다."

아니나 다를까, 상대방 변호사는 노형진의 예상대로 업무의 결과물이라는 주장을 들고 나왔다.

"영화를 만드는 것은 기업의 하나의 이윤 활동입니다. 그리고 그곳에 속한 근로자들은 그 근로에 따라 정해진 임금을 받습니다. 그런 임금을 받는 사람들이 일해서 결과를 만들어 냈는데 그것에 대해 별도의 보상을 지불하라는 것은 말도 안 되는 주장입니다."

"업무라고 보기는 힘들지 않을까요? 상식적으로 그들의 행동은 업무라고 볼 수 없습니다. 각 업무 간의 연속성도 없고, 또한 업무를 진행하는 데 있어서 회사의 지원도 없는데요. 애초에 사대보험이 지원되는 것도 아니고 퇴직금도 없는데 직원으로 볼 수 있을지도 의문이군요."

"과연 그럴까요?"

피고 측 변호사는 손가락을 까딱거렸다.

"예를 들어 보겠습니다. 아파트 현장에서는 매일같이 새로운 노동자들이 유입됩니다. 그들은 매일 새벽 인력시장에서 랜덤하게 선택되어서 현장으로 출근합니다. 그러면 그렇게 출근한 노동자가 올린 건물의 소유권은 누구의 것인가요? 피고의 주장에 따르면 그 아파트의 소유권은 그 일용직 노동자들에게 있는 겁니까?"

"으음……."

판사는 약간은 생각하는 눈치였다.

그리고 그걸 보고 상대방 변호사는 변론에 더욱 열을 올렸다.

"이 영화에 출연했던 다른 사람들은 결국 일용직 노동자나 마찬가지입니다. 연예인으로 등록되어 있는 사람도, 그 일을 생업으로 삼는 사람도 거의 없지요. 그들은 그저 하루 와서 노가다 뛰고 돌아간 것에 지나지 않습니다. 그런데 그들이 이제 와서 초상권을 주장하면서 삭제를 요청합니다. 벽돌을 올린 노가다꾼이 자신이 부당한 대우를 받았다면서 아파트에서 자신이 올린 벽돌을 빼 달라고 요구하는 것이나 마찬가지입니다. 안 그렇습니까?"

"노가다꾼이라니요."

"아니, 뭐가 다릅니까? 랜덤하게 정해져서 모여서 오는 건데, 누가 출연 계약을 한 것도 아니고요. 그냥 하루하루 와서 하는 일이라고는 죽치고 앉아 있다가 간단하게 꿈지럭거리는 건데, 그게 힘들다고 돈을 달라는 것 자체가 어불성설 아닌가요?"

'저게 뚫린 입이라고 말 막하네.'

사람들은 엑스트라라고 하면 무척이나 쉬운 일인 줄 안다.

영화를 보다 보면 아주 잠깐 스쳐 지나가는 것이 보통이니까.

하지만 엑스트라는 생각보다 힘들다.

겨울에 홑겹 한 벌 걸치고 촬영해야 하거나 여름에 두꺼운 솜옷을 입고 촬영해야 하는 경우도 많다.

게다가 대기실이 따로 있는 것도 아니라서 땡볕 아래, 칼바람 한복판에서 하루 종일 대기해야 하고, 심하면 스물네 시간을 대기하는 경우도 있다.

무엇보다 주인공이 NG를 낼 때마다 그들은 처음부터 끝까지 같은 행동을 반복해야 한다.

주인공이야 '죄송합니다.' 하고 사과 하나로 끝나는 일이겠지만 말이다.

"결국 그들은 한낱 잡부에 지나지 않습니다. 그들의 초상권 침해 주장은 맞지 않습니다. 이건 초상권과 위계에 의한 계약의 문제가 아니라 단순 임금 체불의 문제이고, 만선팩토리의 임금 체불은 저희들과는 아무런 관련이 없음을 주장하는 바입니다."

상대방 변호사는 거기까지 말하고는 승리의 미소를 지으면서 노형진을 바라보았다.

'과연 어떻게 할까, 후후후.'

실제로 엑스트라는 하루하루 오는 사람들이 대부분이다.

그의 표현을 빌리자면 잡역부인 셈.

'내가 그럴 줄 알았다.'

하지만 노형진은 그가 그렇게 나올 거라는 걸 알고 있었다.

그리고 그에 관한 변론도 이미 준비된 상황이었다.

"요즘 잡역부는 소속사를 두고 활동하나 봅니다."

"뭐라고요?"

"재판장님, 지금 피고 측 변호인은 교묘한 말장난으로 재판의 중심을 흐리고 있습니다. 영화와 아파트는 그 제작 방식과 결과물이 전혀 다릅니다. 아파트는 말 그대로 공산품의 하나입니다. 그에 반해 영화는 종합예술이자 대중 예술의 한 장르입니다. 단순히 사람을 동원했다는 이유로 같은 취급을 받는 것은 심히 부당합니다."

"도대체 어디가 부당하다는 겁니까?"

피고 측 변호사는 노형진에게 거칠게 항의했다.

결국 별거 아닌 인간들 데려다가 쓰는 것은 마찬가지 아닌가?

"첫 번째, 조연분들은 소속사가 있습니다. 해당 소속사는 각 연기자들의 재능과 미래를 보고 투자하고 그들을 키웁니다. 그런데 피고 측 변호인의 말대로라면 그들은 투자자가 아니라 일당직 파견 회사가 됩니다."

"그건……"

변호사는 약간 움찔했다.

아무리 막말을 한다고 하지만 소속사를 일당직 파견 회사로 비하할 수는 없기 때문이다.

물론 그런다고 해서 자신에게 불이익이 오지는 않겠지만.

'그걸 판사가 믿지는 않겠지.'

움찔하는 변호사를 보면서 노형진은 그에게 되물었다.

"피고 측 주장대로라면, 한국에서 유명한 3대 연예인 소속사는 그냥 유명한 3대 인력 파견 회사가 되는 거겠지요."

"아니, 이야기가 왜 그렇게 됩니까? 그들과 조연급하고 어떻게 급이 같아요?"

"저는 급을 이야기한 적은 없습니다만."

자기 스스로 함정에 빠진 그의 말에 노형진은 씩 웃으면서 되물었다.

"저는 급이 아니라 업무의 종류를 분류하고자 합니다. 이번 영화에 출연한 배우는 출연료로 20억을 받았습니다. 그리고 엑스트라는 하루 일당 8만 원을 받지요."

"그러니까 그들이 급이 같으냔 말입니다!"

"아까부터 자꾸 급으로 나누시는데, 헌법상 어떠한 사유로도 사람을 차별해서는 안 됩니다. 그거 못 배우셨나요? 배우라는 직업에는 사람들의 선호도와 그로 인한 출연료의 차이가 있을 뿐, 그게 그 사람들의 급이 될 수는 없습니다."

"으윽."

상대방 변호사의 얼굴이 사정없이 구겨졌다.

졸지에 헌법도 모르는 멍청이 변호사가 되었으니까.

'젠장, 망할 유온진 같으니라고.'

자신에게 의뢰하기 이전에 저지른 일들이 워낙 많아서 변론이 쉽지가 않았다.

'그래, 이번 건만 이기면 된다. 어차피 완벽하게 이기지 않아도 되고.'

그는 심호흡하면서 마음을 진정시켰다.

이번 소송에서 이기면 10%의 승소 보수를 받는다. 전액을 지급하지 않으면 1억 5천인 셈이다.

거기서 좀 깎이는 게 아깝기는 하지만.

'조연은 어쩔 수 없지만……'

조연이야 소속사가 있는 정식 배우지만 엑스트라는 아니다. 그리고 대부분의 금액은 엑스트라들의 청구 비용이다.

"조연과 단역의 부분은 인정하겠습니다. 나름 대사도 있고 또 대부분이 소속사도 있으니까요. 하지만 엑스트라들은요? 그들은 연기력이 필요한 사람들이 아닙니다. 그들이 하는 거라고는 잠깐 움직이는, 아니면 스쳐 지나가는, 또는 시체같이 쓰러져 있는 것 정도입니다. 그들은 연기자로서 인정할 수가 없습니다. 단순하게 행동하는 일종의 배경 같은 존재들이고, 따로 연기에 대해 교육을 받거나 생계를 위해 연기 쪽으로 나가려고 하는 사람들이 아닙니다. 심지어 예술에 속해 있지도 않은 배경일 뿐인데, 과연 그들을 연기자라고 볼 수 있을까요?"

총 15억의 임금 중에서 조연과 단역에게 지급해야 하는 돈은 3억 정도, 나머지 12억은 엑스트라의 임금이다.

"그건 저희의 책임이 아니라 이미 사라진 만선팩토리의 책임입니다."

조역과 단역은 어떻게든 돈을 주고 수습하면 된다.

정 수습이 안 된다면 그들을 들어내고 그 장면만 다른 사람을 동원해서 찍으면 된다.

하지만 엑스트라는 아니다.

'그게 제일 무섭겠지.'

방금 그는 분명 배경이라고 했다.

그리고 아무리 기술이 발달해도, 통째로 배경을 집어넣는 일이 절대 쉬울 리 없다.

애초에 그렇게 제작된 영화도 아닌데 이미 나온 영화에서 특정 장면을 다 지우고 새로운 장면을 넣는다?

배보다 배꼽이 더 커지는 꼴이다.

"그들은 연기자라고 볼 수 없습니다. 조연과 단역의 경우는 초상권을 인정하겠지만 엑스트라는 단순 업무자로서, 임금 미지급 사건입니다."

상대방 변호사가 선을 그어 버리자 방청석에 앉아 있던 무태식의 시선이 노형진에게 쏠렸다.

'어떻게 하실 겁니까?'

노형진은 이미 저들이 저런 식으로 나올 거라고 예상했다.

문제는 그런 그들의 말이 법적으로 어느 정도 타당하다는 것.

연기자로서 예술인으로서 활동하는 조연이나 단역과는 달리, 엑스트라는 아르바이트 개념으로 활동하는 사람들이 많기 때문이다.

물론 생계형으로 하는 사람들도 있기는 하지만 그들이 연기까지 배워 가면서 진짜로 연기자의 길로 갈 가능성은 거의 없다.

물론 연기 경험을 쌓기 위해 엑스트라로 출연하는 지망생들이야 좀 있겠지만 말이다.

"그럴까요?"

상대방 변호사는 노형진이 이 논리를 반박할 수 없다고 생각했는지 얼굴에 뿌듯한 감정을 떠올렸고, 노형진은 그런 그의 모습을 보면서 혀를 끌끌 찼다.

"재판장님, 피고 측의 주장에는 한 가지 허점이 있습니다."

"허점?"

다들 허점이라는 것이 뭔지 이해가 가지 않았다.

충분히 그럴듯한 말이다. 엑스트라라는 것 자체가 사실 잡부나 마찬가지니까.

"그렇습니다. 첫날에도 말했으니까요."

"어떤 허점이라는 겁니까?"

"이 계약은 무효라는 거죠."

상대방 변호사의 얼굴이 갑자기 확 붉어졌다.

'젠장, 실수다.'

노형진은 그가 그렇게 나올 거라 생각했다.

자신이라도 그렇게 변론할 테고, 지금까지 이루어진 모든 소송에서 변론이 그런 식으로 이루어졌으니까.

"피고 측이 주장하는 것은 업무가 정상적으로 이루어졌고 또 그로 인한 체불임금이 발생했을 때를 가정한 변론입니다. 하지만 제가 주장하였듯이, 피고 측은 애초부터 계약 진행의 의사가 전혀 없이 금전을 영득할 목적으로 체결한 사기의 계약이었으므로 계약 발생 자체가 무효화되어 버립니다. 즉,

계약 자체가 존재하지 않는 셈이지요. 당연히 영화 촬영에 대한 동의가 이루어진 것 역시 의미가 없는 셈입니다."

"그건……."

상대방 변호사는 할 말이 없었다.

'망할.'

자신의 의뢰인이 저지른 과거의 잘못들. 그게 자신의 발목을 잡고 있었다.

그것만 아니라면 어떻게 해서든 밀어붙여 볼 수 있는데.

'실수다.'

취소는 일단 효과가 발생했다가 없어진 것이다. 그래서 과거에 영향을 주지 못한다. 하지만 무효는 아예 효과가 없는 것이다. 그러니 과거 자체가 부정되는 셈이다.

"이러한 점을 따지기 이전에 그 계약의 적법성에 대해 따져야 하는 거 아닐까요?"

노형진은 싱글거리면서 상대방 변호사를 바라보았다.

"임금을 지불할 의사 자체가 없었던 것에 대해 어떻게 생각하십니까, 변호사님? 이미 충분한 자료와 증거를 제출했는데도 그에 대한 답변은커녕 다른 주장만 들었는데요. 그에 대한 반론, 안 가지고 오셨습니까?"

상대방 변호사는 붉어진 얼굴로 이러지도 저러지도 못할 뿐이었다.

"이건 못 이깁니다."

"뭔 개소리야!"

유온진은 못 이긴다는 말에 발끈했다.

그렇게 되면 얼마나 많은 피해가 발생하는지 누구보다 잘 알고 있기 때문이다.

"계약 자체가 애초에 불법인지라……."

돈을 주지 않을 생각으로 계약했다는 증거는 사방에 넘쳐 난다.

물론 전혀 관련이 없는 제삼자인 만큼 그 영향을 받지 않는 게 맞지만, 초상권에 관해서는 그렇지 않다.

"초상권 침해는 단순히 과거의 범죄가 아닙니다. 실시간으로 벌어지는 사건인지라……."

방송을 할 때마다, 영화관에 걸릴 때마다, 인터넷으로 한 편이 팔릴 때마다 초상권은 침해된다.

애초에 계약 자체가 무효라는 부분을 타파하지 않는 이상 그건 영구히 지속될 것이다.

"그걸 타파하는 게 네가 할 일이잖아."

"그러면 미리 이야기라도 했어야지요."

변호사는 속이 쓰렸다.

유온진이 그에게 미리 이야기해 주지 않은 탓에 아무것도 모르고 들어갔다가 노형진이 그 부분을 찌르고 들어오면서 말문이 막혔다.

'이미 판사에게 심증이 확증되었는데 나보고 어쩌라고.'

반박은 재판정에서 이루어지는 것이 효과적이다.

인간이라는 게 재판정에서 반박하지 못하면 의심하는 성향이 있기 때문이다.

그런데 그곳에서 반박하지 못한 것도 모자라서, 지금도 반박할 거리가 전혀 생각나지 않는다.

"도대체 왜 기존 업체들과 직원 이름이 다 같은 겁니까?"

달라진 것은 오로지 직책뿐.

"그건 네가 알 필요가 없지."

"뭘 알아야 변론을 하지요."

"그냥 마음 맞는 사람들끼리 영화 좀 만들어 보려고 한 것뿐이야."

"그런데 왜 출연료를 안 주신 겁니까?"

"그건, 흠흠…… 영화가 다 망해서."

"다 망한 건 아니잖습니까!"

다섯 편의 영화 중 두 편은 망했지만 두 편은 그래도 본전치기는 했다. 그리고 한 편은 엄청나게 벌었다.

그 한 편이 바로 문제가 된 〈천년호〉였다.

'안 봐도 뻔하기는 한데…….'

처음에는 진짜로 안 줄 생각은 아니었을 것이다.

하지만 첫 번째 영화는 희대의 괴작 소리를 들으면서 폭삭 망했다. 아마 그때 그나마 손실을 줄이자며 인건비를 떼어먹는 계획이 나왔을 테고, 그게 성공했을 것이다.

그리고 그 후에 두 번째 영화까지 말아먹고 나서, 그것도 인건비를 떼어먹었을 것이다.

'그리고 뻔하지.'

하다 보니 소송이 걸려도 안 줘도 되는 돈이라는 걸 알게 되었다.

방법을 몰랐을 뿐, 방법을 알고 나니 나중에 영화가 어느 정도 성공했어도 그 돈을 주기가 아까웠을 것이다.

그래서 그 후에도 계속 주지 않았고 말이다.

"사업을 하다 보면 뭐, 다급하게 현금이 필요한 경우도 있는 거지, 뭘! 흠흠."

유온진은 애써 말을 돌렸지만 변호사의 입장에서는 그게 귀에 들어오지 않았다.

유온진이 뭐라고 하든 그들이 작정하고 사기 치기 위해 덤벼든 것은 부정할 수 없는 사실이니, 계약이 무효인 상황에서 자신이 어떤 변론을 하더라도 그건 의미가 없다.

"이건 방법이 없습니다."

"방법이 없다고?"

"네."

"그럼 돈을 줘야 한다는 거야?"

"돈을 준다고 다 해결되리라는 보장도 없습니다."

"뭐?"

"엄밀하게 말하면 그들의 초상권은 이미 침해된 상황입니다. 애초에 방송에서 인터뷰하는 사람들도, 동의가 없으면 초상권 문제가 됩니다. 하물며 상업 영화에서 문제가 안 되겠습니까?"

"으음……."

"지금은 일단 돈을 주고 최대한 좋게 좋게 합의를 하시는 게 최선입니다."

"큭."

유온진은 입술을 깨물었다.

아깝기는 하지만 돈을 안 줄 수는 없을 듯했다.

"다음부터 그러지 마세요."

변호사가 해 줄 수 있는 충고는 그것뿐이었다.

⚖️

"뭐야? 싸우고 자시고 할 이유도 없었잖아?"

"그러니까요. 전 그냥 방어할 생각만 했네요, 하하하."

무태식은 호탕하게 웃었다.

노형진이 그들이 그렇게 나올 거라고 이야기는 했다.

하지만 그걸 어떻게 방어하나 생각만 했지, 설마 그들의 주장 자체를 의미 없는 것으로 만들 줄은 몰랐다.

"무효라는 것은 그만큼 강력한 법적 효력을 가지고 있으니까요."

어떤 방식으로 지랄 발광을 해도, 그 사건 자체가 존재하지 않는 상황에서 변론하는 것은 불가능하다.

그 이후에 벌어진 사건을 다투기 위해서는 무효가 아니라는 것을 증명해야 하는데…….

"그들은 이미 몇 번이나 그런 짓을 한 놈들이지요."

당연히 판사도 계약 자체의 무효 쪽으로 기울어지고 있고 말이다.

"그래서 느긋했구나."

"어차피 싸울 이유가 없으니까."

저쪽 변호사가 무대에서 혼자 칼춤 추고 지랄 발광을 다 해도 이쪽 관객석으로는 넘어오지 못하는 꼴이다.

"그런데 저쪽은 이제 어떻게 나올까?"

"남은 건 하나뿐이지. 합의."

"이제는 받을 수 있겠군요."

무태식은 반가운 얼굴로 말했다.

이제는 받지 못한 임금을 받게 해 줄 수 있다.

물론 15억이 큰돈이기는 하지만 영화사가 번 돈은 400억이 넘는다. 그러니 그걸 못 받을 가능성은 없다.

그런데 이어진 노형진의 말은 두 사람을 당혹하게 만들었다.

"안 받을 건데요."

"네?"

"뭐라고?"

"그 돈, 안 받을 겁니다. 우리가 그 돈을 받을 이유가 없지요."

"어…… 어……? 이거 돈 받으려고 하는 거 아니었어?"

"그러니까요. 돈을 안 받으면, 피해자들은요?"

노형진은 살살 뺨을 긁었다.

아무래도 두 사람이 의뢰를 잘못 이해하고 있는 듯했다.

"애초에 의뢰 내용 자체가 돈을 받기 위한 소송은 아니었 잖습니까?"

"그거야 그런데……."

두 사람은 이해가 가지 않았다.

사실 노형진이 틀린 말을 한 것은 아니다.

애초에 노형진은 돈을 받지 못할 가능성이 높다고 했고, 실제로도 그쪽은 돈을 주지 않으려고 했다.

"하지만 상황이 바뀌지 않았습니까?"

저쪽은 돈을 주고 이번 소송을 끝내고 싶어 한다. 그러니 지금 받아야 사람들에게 돈을 돌려줄 수 있다.

그쪽에서는 얼마 안 되는 푼돈이니 뭐니 하지만 개개인당 적게는 수십에서 많게는 천만이 넘는 그 돈은, 결국 수많은 사람들이 살아가기 위해 필요한 돈임과 동시에 정당한 노동 의 대가이다.

"받을 수 있는데 안 받겠다니? 무슨 복수니 뭐니 그런 걸 생각하는 거야?"

형사로 보자면 복수가 되겠지만 민사로는 복수에 한계가 있다.

그런 만큼 가능하면 받아 내는 게 좋기는 하다.

"뭐, 복수라고 하면 복수이기는 한데."

"정말 복수라고?"

"뭐, 전에 말했다시피 민사라는 것은 개인적인 감정이 들어갈 수밖에 없는 거니까."

"그건 그렇다고 쳐. 하지만 돈도 받지 않고 무슨 복수가 된다는 거야?"

노형진은 살짝 미소 지었다.

"충분한 복수가 되지. 두고 봐. 아주 짜릿할걸."

⚖️

"뭐라고요?"

유온진 측에서 온 남자는 어떻게 해서든 소송을 끝내기 위해, 합의를 하려고 했다.

물론 변호사 역시 동석하기는 했다. 혹시 모를 법적인 문제 때문이었다.

그런데 노형진의 말은 전혀 예상하지 못한 것이었다.

"돈 받을 생각, 없습니다만?"

"돈을 받을 생각이 없다고요?"

"애초에 그 돈을 받기 위해 한 소송도 아니고, 무엇보다 여러분은 그 돈을 줄 자격도 없는 분들 아닙니까?"

"그게 무슨 말입니까?"

담당자는 이해하지 못한다는 얼굴이 되었다.

하지만 함께 온 변호사는 자신도 모르게 신음했다.

'이게 대체 무슨 소리야? 내가 이 사건을 담당하기 전에 무슨 일이 있었던 거야?'

기존의 변호사는 결국 그만뒀다.

제대로 정보도 주지 않는 의뢰인을 대신해서 싸워 봐야 의미도 없고 이길 가능성도 없기 때문이다.

사실 가장 큰 이유는, 좋게 충고까지 해 줬는데도 제 성질에 못 이겨 펄펄 뛰다가 이기지 못하면 수임료도 못 준다면서 그의 멱살을 잡고 패대기친 유온진의 행동 때문이었지만.

그래서 대타로 들어온 것이 이 자리에 동석한 변호사였다.

그도 나름 사건에 대해 설명을 듣기는 했다.

하지만 유온진이 자신에게 불리한 건 쏙 빼놓고 이야기한 것은 마찬가지였기에, 전혀 예상치 못한 상황에 당혹감을 감추지 못했다.

"으음……."

"아니, 이게 무슨 말도 안 되는……. 이 변호사, 저쪽에서

하는 말이 무슨 뜻이에요?"

"애초에 돈을 받기 위한 소송이 아니라 그걸 못 쓰게 만들기 위한 소송이라는 겁니다."

"뭐요?"

얼굴이 헬쑥해지는 남자.

그 영화에서 못해도 두 배 이상의 수익은 더 뽑아낼 수 있는데 그걸 못 쓰게 만들겠다니.

"그게 말이 됩니까!"

"말이 됩니다. 저쪽에서 건 소송은 체불임금 반환 청구 소송이 아니니까요."

즉, 받지 못한 돈을 받기 위해 건 소송이 아니라, 초상권이 침해되는 것을 멈추기 위한 소송이었다.

"그게 뭔 말이에요?"

"소송의 목적이 다르다는 겁니다."

당연히 돈이 목적이라고 생각했던 변호사도 인정할 수밖에 없었다.

'이야기가 내가 들은 것과 많이 다르지만……'

자신이 들은 건, 저들의 목적은 어디까지나 체불임금 지급이라는 이야기였다.

그런데 돈을 안 받겠다고 나오다니.

하지만 어쩌겠는가.

일단 닥친 이상 조언은 해 줘야 한다.

"소송 자체만 보면, 돈을 받기 위한 것은 아니에요."

"이이익."

'하지만……'

부들부들 떠는 담당자를 보면서, 설명을 해 준 변호사도 의아하기는 마찬가지였다.

'어째서? 받을 수 있는 기회인데?'

받지 못한 15억의 돈. 그걸 받을 수 있는 기회다.

그런데 안 받겠다고? 소송을 끝까지 가겠다고?

이해가 가지 않았다.

'당사자들은 동의한 건가? 몇 달의 시간과 적지 않은 돈이 날아가는 일인데.'

하지만 당사자들이 동의하지도 않았는데 변호사가 마음대로 합의하지 않겠다고 하지는 않을 것이다.

"좋게 생각하세요. 그 돈 드릴 테니까 합의합시다. 그러면 그쪽도 우리도, 둘 다 좋은 거 아닙니까? 이번 영화, 본인이 투자자라면서요? 무려 1,200만입니다, 1,200만. 한국 영화사에 획을 그은 작품이에요. 그걸 이렇게 날릴 겁니까?"

"그건 그쪽 사정이고요. 우리는 받지 않을 겁니다. 아니, 받지 못한다는 게 맞는 표현인 것 같네요."

"뭐요? 받지 못한다고요?"

"네. 그렇지 않습니까? 당신들이 무슨 자격으로 체불임금을 줘요?"

"뭐요?"

"아니, 그런 거 아닌가요? 당신들이 애초에 자신들은 만선 팩토리와 아무런 관련이 없다고 주장하지 않았습니까? 그런데 그쪽에서 임금을 준다는 건 어불성설이지요."

"그건……."

상당히 곤혹스러운 말이 나오자 담당자는 변호사를 바라보았다.

변호사는 그런 노형진의 말에 한숨을 푹 쉬었다.

'당했다.'

법적으로 자신들은 만선팩토리와 아무런 관련이 없는 제삼자다. 따라서 그들에게 임금을 지불할 이유는 없다.

그건 임금 지급이 아니라 단순 증여가 될 뿐이다.

"나중에 법적으로 문제가 될 게 뻔한데 그걸 우리가 왜 받습니까?"

"이 변호사, 이거 맞는 말입니까?"

"네, 맞습니다. 우리는…… 그건 못 주네요."

주고 싶어도 주지 못하는 상황이 되자 변호사도, 담당자도 어이가 없었다.

"그러면 뭐 어쩌자는 거야? 그냥 영화 날려? 어? 그게 얼마짜리 영화인데!"

"계약해야지요."

"계약?"

"초상권 사용 계약 말입니다."

이 변호사의 입에서 원하던 말이 나오자 노형진은 씩 웃었다.

역시나 변호사답게 자신이 뭘 노리는지 바로 알아차린 것이다.

'이번 변호사는 그래도 전임보다는 좀 더 머리가 돌아가네, 후후후.'

그래 봤자 자신의 거미줄에서 벗어나지는 못하겠지만 말이다.

"맞습니다. 이건 체불임금이나 출연료의 문제가 아니죠. 초상권 사용의 사후 허락 같은 개념이니까요."

"뭔 놈의 조건이 그렇게 복잡한지. 알겠습니다. 그 사후 허락인지 뭔지 알았으니까, 계약합시다."

담당자는 이런저런 법률 용어가 복잡한 듯 고개를 흔들며 말했다.

지금도 당장 방송할 수 있게 하라는 위의 성화가 장난이 아니었기 때문이다.

"이름 바꾸고 사인부터 합시다."

"아니, 그걸로는 안 되죠."

"안 된다?"

"엄연히 다른 계약인데 협상부터 해야지요."

"협상이라니?"

협상이라는 말에 담당자는 눈을 살짝 찡그렸다.

협상이라니. 그 돈이 그 돈이면, 계약서만 대충 새로 고치면 그만 아닌가?

하지만 그다음 말에 그는 입을 쩍 벌렸다.

"계약 조건은 현 조건의 다섯 배입니다. 그러니까 15억이 아니라 75억이죠."

"뭐?"

경악스러운 숫자에 담당자는 부들부들 떨었다.

"무슨 개소리야! 어떤 미친 새끼가, 엑스트라들한테 75억 씩 뿌리는 새끼가 어디 있어!"

"엑스트라라니요? 명백하게 초상권 침해 계약입니다만?"

저쪽은 명백하게 초상권을 침해했다. 그리고 그걸 자신의 수익을 위해 사용했다.

"손해배상, 정신적 위자료, 이자 등등을 합하면 75억은 되어야 하지 않겠습니까?"

"이런 미친!"

노형진이 싱글거리면서 웃자 담당자는 경악을 금치 못했고, 변호사는 한숨을 푹 쉬었다.

'결국 저걸 노리는군.'

미처 생각하지 못한 부분이지만 이건 전혀 새로운 계약이다. 그리고 칼자루는 저쪽이 쥐고 있다.

칼을 쥐고 있는 사람이 그걸 휘두르지 않을까?

자신에게 막대한 이익을 가지고 올 텐데?

"75억은 그리 쉽게 말씀하실 만큼 적은 돈이 아닙니다."

"알죠. 하지만 그 영화로 400억 넘게 이득을 본 것도 압니다. 추후 그것보다 더 벌 수도 있죠. 2차 판권이나 다른 판매라인을 통해서요. 그에 비해 75억 정도면 뭐, 많은 건 아니지 않습니까?"

노형진은 어깨를 으쓱하면서 말했다.

"말이 되는 소리를 해! 어떤 미친놈이 그걸 받아들여!"

"그럼 팔지 마세요. 당신들 말마따나 개개인으로 보면 푼돈이니, 그 돈 없어도 그 사람들 안 망하니까."

어깨를 으쓱하고 자리에서 일어나는 노형진.

"아무래도 합의는 불발된 것 같네요. 뭐, 그 조건을 받아들일 의향이 있다면 언제든 연락하세요. 바로 오겠습니다. 하지만 알아 두세요. 우리는 그 조건에서 단 한 발자국도 안 움직일 겁니다."

노형진이 엄포를 놓고 가자 분노에 덜덜 떠는 담당자.

"이 변호사! 저 개새끼 말이 사실입니까? 네? 사실이냐고요!"

"사실입니다. 이건 전혀 별개의 계약입니다. 우리는 제작사가 아니라 제삼자이니까요."

"그러면 저거 안 받아들이면요?"

"그거 못 파는 거죠. 아니면 CG로 모조리 지우고 새로운 영상을 편집해서 넣는 수밖에 없습니다."

"끄응……."

수많은 엑스트라들의 장면을 모조리 대체하기 위해서는 CG비가 어마어마하게 들 것이다.

설사 재촬영해서 집어넣는다고 해도, 어색함은 어쩔 수 없을 테고.

"그러면 결국 사람을 다시 뽑아서 재촬영해야 하는데, 과연 될까요?"

으드득.

재촬영을 하기 위해서는 장비고 사람이고 다 다시 불러야 한다. 그리고 주연배우들 역시 다시 불러야 한다.

하지만 이미 상영까지 끝난 영화를 재촬영한다고 부르면, 과연 올까?

올 리 없다.

설사 온다고 해도, 엄청난 비용을 추가로 부를 것이다. 그럴 수밖에 없다.

"엑스트라나 조연이나 단역이 없는 장면은 영화의 10%도 채 안 될 겁니다. 결국 그걸 다 다시 찍어야 한다는 건데, 그러면 사실상 영화를 그냥 새로 만드는 꼴이 됩니다."

"미친."

"그런데 만드는 게 문제가 아닙니다."

배우들과 감독, 스태프들이, 이미 다 찍었던 영화를 다시 찍는다고 하면 과연 열성적으로 할까?

당연히 대충 해치우고 말 것이다.

그리고 그걸 장면에 삽입하면…….

"영화가 엄청나게 개판이 되겠지요."

대충대충 만들어진 장면이 들어갈 테니 1,200만을 달성한 영화는 동네 B급 영화로 전락할 것이다.

당연히 미치지 않고서야 그걸 외국에서 사 갈 리 없다.

그리고 그건 한국의 관객들도 마찬가지일 테고.

"이건 외통수입니다."

변호사는 한숨을 푹 쉬었다.

내가 설계 좀 해

"완전 당황한 눈치던데?"

손채림은 창백한 얼굴로 돌아가는 유온진 측 사람들의 얼굴을 보면서 키득거렸다.

"안 받는다는 게 이런 이야기였어?"

"뭐, 그렇지. 우리가 돈을 더 받아 낼 수 있는 무기를 가지고 있는데 그걸 휘두르지 않을 이유는 없잖아?"

노형진은 씩 웃으면서 말했다.

전혀 새로운 계약을 통해 더 많은 돈을 받아 내는 것.

그게 노형진의 목적이었다.

"만일 원래 돈만 받아 내면 피해자들은 사실상 피해 복구가 거의 안 되는 셈이야. 받을 돈만 받은 거잖아."

"그렇지."

"그러니 원래 받을 돈 이상을 받아 내야지."

"하지만 그들은 주지 않으려고 할 테고……?"

"그러니까."

그래서 기존 계약을 무시하고 전혀 새로운 계약을 요구한 것이다.

"그런데 안 받아들이면 어쩌지?"

"뭘? 우리 조건?"

"응."

"안 받아들이면 뭐, 어쩔 수 없지. 영화 망하는 거지."

결국 그들에게는 그걸 받아들이는 것 말고는 방법이 없어 보였다.

"이거 완전 이기는 싸움이네, 호호호."

"과연 그럴까?"

"응?"

"그들은 어떻게 해서든 내 조건을 받아들이지 않으려고 할걸."

"뭐? 그러면 차라리 몇백억을 더 들여서 졸작을 만들 거라는 거야?"

노형진은 고개를 흔들었다.

그들은 욕심이 과하다. 이번에는 어쩔 수 없이 15억까지는 주려고 했지만, 요구대로 75억을 주지는 않을 것이다.

하지만 그렇다고 벌어 둔 돈까지 모조리 까먹게 될 재촬영은 꿈도 꾸지 못할 것이다.

"아마 다른 방법을 찾을 거야."

"다른 방법?"

"그래. 그리고 그게 내가 진짜로 노리는 거고."

"뭐? 지금 초상권 계약이 목적이 아니고?"

"그래."

그런 거라면 이렇게 복잡한 준비는 하지 않았을 것이다.

"사실 전임은 좀 불안했거든. 그런데 이번에 새로 온 저쪽 변호사는 제법 똑똑해. 아니, 확실히 똑똑하지. 그러니 그는 방법을 찾을 거야."

웃기지만, 이번 함정은 상대방이 똑똑할수록 빠져들 수밖에 없는 종류다.

그래서 사실 전임이 멍청해서 도리어 모르고 넘어가는 게 아닌가 하고 걱정했는데, 하는 걸 보니 안심해도 될 것 같았다.

'분명히 방법을 찾아내겠지, 흐흐흐.'

그리고 그때가 피날레가 될 것이다.

노형진은 씩 웃으며 거기에 한마디 덧붙였다.

"그리고 그게 내가 원하는 바지, 후후후."

"뭐라고? 인정?"

유온진은 눈을 찌푸렸다.

이 변호사의 말이 자신의 생각과 전혀 달랐기 때문이다.

"네, 지금으로서는 방법은 그것뿐입니다."

"그러니까 이 변호사의 말은, 내가 기존에 있던 기업을 승계한, 정당한 사람이라는 것을 인정하자는 건가?"

"그렇습니다."

"으음……."

유온진은 눈을 찌푸리면서 짜증 난다는 표정이 되었다.

하지만 이 변호사의 입장에서는 이것 말고는 방법이 없었다.

"그걸 주장해서, 정식으로 계약을 승계했다고 주장하는 겁니다."

"그러면 돈을 아낄 수 있나?"

"계약의 승계를 주장한다면 그게 가능하지요."

사실 기업이 사라진다고 해서 모든 계약관계가 사라지는 것은 아니다.

그 기업을 승계한 다른 기업이 있다면, 모든 계약관계 역시 승계한 것으로 본다.

"과거에 비정규직 때문에 이런 규정이 생겼지요. 돈을 주지 않고 망해 버리는 곳들이 있었거든요."

비정규직들, 특히나 파견직의 경우는 이런 일이 많았다.

파견을 보낸 뒤에 그 임금을 자신이 받아 챙기고는 기업을 망하게 한다. 그리고 그 후에 전혀 새로운 기업을 만들어서 다시 그곳에 들어간다.

이런 식으로 등치는 경우가 많아서 정부에서는 관련 보호법을 만들었다.

"그러니까 그 기업을 승계한 것이 사장님 자신이라는 것을 정확하게 밝히고 그게 사장님의 기업이라는 것을 법적으로 인정받는다면, 체불임금 역시 승계된 것으로 보는 겁니다."

"그렇군. 그러면 우리는 그 체불임금만 주면 된다는 거군."

"네, 정확합니다."

"이거 원."

유온진은 복잡한 계획에 고개를 흔들었다.

"진짜로 75억을 주실 건 아니지 않습니까?"

"그건 그렇지. 내가 미쳤나?"

그 돈을 주느니 차라리 길바닥에 뿌려 버릴 인간이 바로 유온진이었다.

"그들에게 소송을 걸어서 승계 사실을 인정한다고 하고 15억만 주고 떨어내십시오."

"쳇."

유온진은 이 변호사의 말에 입술을 깨물면서 나지막하게 중얼거렸다.

"결국 방법은 하나뿐이군."

그의 말대로 기업을 승계했다고 주장하고 체불임금을 지급하고 끝내는 것이다.

그게 최선의 행동이기 때문이다.

"쓸데없는 돈이 나가게 생겼군."

유온진은 짜증스럽게 말했다.

"이번에는 이길 수 있겠지?"

"물론입니다, 사장님."

이 변호사는 노형진을 생각하며 이를 박박 갈았다.

⚖

"허허, 이거 참."

어쩌다 보니 이번 사건도 자신에게 배당되기는 했다.

그런데 얼마 전까지만 해도 자기는 아무런 관련도 없다고, 그래서 체불임금을 주지 못한다고 버티던 자들이 이제는 전혀 정반대의 주장을 하니 판사 입장에서는 그저 웃길 뿐이었다.

"재판장님, 원고는 사실상 만선팩토리를 승계한 기업입니다. 그 과정에서 약간의 오해가 있었지만, 만선팩토리의 기록과 채무를 사실상 승계하여 그 이후의 관리 책임을 가지고 있습니다."

"재판장님, 원고의 청구는 부당합니다. 원고 측은 만선팩토리와 전혀 관련이 없으며 전혀 상관없는 제삼자입니다. 이제 와서 갑자기 만선팩토리와 관련이 있다고 주장하면서 그 책임을 지겠다는 것은 어불성설입니다."

양측의 주장을 듣고 있던 판사는 기가 막히다는 듯 고개를 흔들고는 양측 변호사를 앞으로 불러냈다.

"양측 변호인들, 앞으로 나오세요."

그리고 짜증스럽다는 표정으로 물었다.

"양측, 지금 장난합니까? 얼마 전까지 서로 반대되는 주장을 한 걸로 기억하는데요?"

"그게, 약간의 오해가……."

오해라고 주장하는 이 변호사.

"저희는 원고 측 주장을 받아들인 것뿐입니다만."

그에 반해 전 재판에서 피고였던 원고 측의 주장을 인정했다고 나오는 노형진.

판사는 기가 막혔다.

"살다 살다 이런 경우는 또 처음이군요. 양측, 진짜 이대로 재판 진행할 겁니까?"

"네."

"그렇습니다."

"후우, 알겠습니다. 자리로 돌아가세요."

어쩔 수 없다는 듯 고개를 흔든 판사는 재판을 재개했다.

그러자 원고 측 변호사는 새로운 증거들을 내놓으면서 자신들이 기업을 승계했다는 주장을 하기 시작했다.

"재판장님, 여기 기업을 승계했다는 증명서입니다. 관련 회계 기록과 회의록, 영화 저작권 등록 기록을 제출하는 바입니다."

"재판장님, 여기 그들이 전혀 상관없다는 증거를 제출합니다. 이 모든 기록들은 원고 측이 지난번에 자신들이 관련이 없다면서 직접! 제출한 증거들입니다."

정반대의 입장에서 변론하게 된 노형진은 어째서인지 딱히 준비도 하지 않고 그들이 냈던 증거를 그대로 제출했다.

"저희는 동일한 업체의 승계자로서 체불된 임금을 납부하기 위해 최선의 노력을 다해 왔습니다. 하지만 피고 측은 그러한 내용은 무시한 채로 영화의 사용을 막을 목적으로 협상을 거부하고 터무니없는 비용을 청구하고 있습니다."

"재판장님, 피고 측은 과거에 분명히 자신들은 관련이 없다고 했습니다. 그래서 저희는 그 주장을 받아들인 것뿐입니다. 그들은 자신들과 관련이 없다고 주장하면서도 한편으로는 체불임금을 자신들이 제공하겠다고 주장했습니다. 하지만 그들은 제삼자로서 그 책임이 없는 자입니다. 그들이 체불임금을 지급하는 것은 전혀 의미가 없으며, 도리어 전혀 상관없는 증여에 해당합니다. 그러므로 원고 측이 피고 측과 합의하기 위해서는 당연히 초상권에 대한 새로운 사용 계약을 맺어야 할 뿐만 아니라 그동안 초상권 침해로 얻은 이익의 일부와 그 손해배상을 해야 할 것입니다."

이야기를 듣고 있던 판사는 상황이 이해가 갔다.

유온진 측이 재판에서 질 수밖에 없는 상황에서 노형진이

엄청난 비용을 청구하자, 유온진은 그 돈을 주기 아까워서
차라리 자신이 기업 승계한 사실을 인정하고 체불임금을 주
기로 한 것이었다.

'거참, 미묘하군.'

같은 사건에서 같은 사람들이 서로 정반대되는 주장으로
재판을 두 번씩 하겠다니.

"원고 측, 그런 거면 차라리 공탁하는 게 어떻습니까?"

"공탁은 아무래도 받아 가지 않으면 의미가 없어서요."

당장 공탁을 건다고 해도 그걸 노형진이 받아 가지 않으면
아무런 효과도 없다.

"피고 측도 무리한 욕심 부리지 말고 그 돈에 일부 합의금
을 더하는 건 어떻습니까?"

"일부가 아닙니다. 전혀 새로운 계약인데 저희가 손해를
볼 수는 없지요."

"그러면 지금 다른 재판은 취하하시죠. 그쪽 재판은 이번
재판과 전혀 상관없지 않습니까?"

"상관있습니다. 끝까지 가겠습니다."

"그렇군요."

결국 양측 다 물러나지 않는다. 거기에다 다른 재판에서는
노형진이 원고 측이다.

소송은 원고 측에서 취하하지 않으면 끝날 때까지 취소되
지 않는다.

'도대체 왜?'

판사는 그런 노형진의 생각이 이해가 가지 않았지만, 어찌 되었건 양쪽 다 진행한다고 하니 어쩌겠는가? 진행해야지.

"좋습니다. 그러면 더 이상 이견이 없는 걸로 알고 진행합시다. 양측 다, 증인 신청했지요? 공교롭게도 양측 모두 같은 증인을 신청했네요."

"그렇습니다."

"그러면 증인 나오라고 하세요."

양쪽 다 동시에 신청한 증인이 있었다.

그건 다름 아닌 유온진이었다.

사건의 핵심인 그가 말을 해야 사건이 진행될 테니까.

"원고 측부터 질문하세요."

"증인, 증인은 만선팩토리의 대표이사였나요?"

"아닙니다."

"그러면 어째서 회사가 같은 회사를 승계한 것이라 주장하고 있지요?"

"그건……."

유온진은 자신이 어떤 식으로 투자하고 또 어떤 식으로 명의를 변경했는지를 증인석에서 담담하게 말했다.

애매하게 말하고 있기는 하지만 그 설명에는 확실히 법의 맹점을 이용해서 명의를 변경하고, 자신은 전면에 나서지 않는 익명의 대주주로서 돈을 받지 않은 상태로 영화에 대한 압류를 걸어 저작권을 빼앗아 오는 형태 등등 온갖 편법이 다 들어가 있었다.

"그러니까 사실상 만선팩토리가 증인이 세운 회사라는 거네요."

"그렇습니다."

"그러면 임금에 대해서는, 어째서 갑자기 지급하려고 한 겁니까?"

"양심의 가책을 느꼈습니다. 수익은 충분히 났는데 전처럼 잠수를 탈 이유는 없다고 생각했습니다."

"그렇군요. 이상입니다."

어떤 식으로 기업을 은폐하고 권리를 빼앗았는지는 당사자가 가장 잘 아는 법이다.

그런 그가 증인석에서 증언을 하자 노형진이 가진 증거는 의미가 없게 되었다.

애초에 노형진이 가진 증거는 저쪽에서 제출한 것뿐이었으니까.

"도대체 무슨 일이 벌어질까요?"

"그러게요. 노 변호사가 오늘 기대하라고 하긴 했는데……."

방청석에 앉아 있는 무태식과 손채림은 서로 두런두런 이야기를 하면서 궁금증 가득한 얼굴로 앞을 바라보았다.

분명히 오늘로 재판이 끝날 거라고 했다.

그런데 보아하니 노형진이 여전히 불리한 상황이었다.

애초에 노형진은 변론 준비도 하지 않았으니까.

"피고 측 변호인, 질문하세요."

노형진은 자리에서 일어났다. 그리고 앞으로 가서 유온진을 바라보았다.

"증인, 지금 증인석에서 한 말에 한 줌의 거짓도 섞여 있지 않습니까?"

"그렇습니다."

"아까 '전처럼 잠수를 타지 않아도 된다.'고 했는데, 그러면 지금까지 증인과 관련된 다섯 개 회사 모두 실질적으로 증인 소유인 건가요?"

"그렇습니다."

이미 그 부분에 대해서는 자신의 변호사와 이야기가 되어 있다.

한번 이겼으니 그들도 똑같은 방식으로 돈을 요구하려고 할 것이다. 그럴 거라면 차라리 인정하고 최소한만 주자는 것이 이 변호사의 의견이었다.

'으, 아까워 죽겠네, 씨발.'

유온진은 아까워서 속이 쓰렸지만 어쩌겠는가?

이번같이 외통수일 때는 일단은 물러나야 한다.

'다음에는 좀 더 복잡하게 해서 안 걸리게 해야지.'

그는 그런 생각을 하면서 애써 미소 지었다.

하지만 그 '다음번'이라는 것은 영영 오지 않을 기회였다.

"재판장님, 이쯤에서 질문을 마치겠습니다."

고작 두 개의 질문으로 끝내자 재판장과 이 변호사는 어리둥절했다.

노형진이 그렇게 쉽게 물러날 사람이 아니었기 때문이다.

그런데 그다음 말이 더 가관이었다.

"재판장님, 이 재판을 저희가 포기하고자 합니다. 원고 승소 판결을 내려 주시기 바랍니다."

"뭐라고?"

"피고 측 변호인, 진심입니까?"

"그렇습니다. 진심입니다."

"으음……."

"헉!"

"어째서!"

판사와 변호사 그리고 유온진과 손채림, 무태식까지, 관련자들은 모조리 당황했다.

오죽하면 방청석에 앉아 있던 안중택과 소인성도 당황해서 입을 쩍 벌리고 있었다.

"지금 결정하면 되돌리지 못합니다만?"

"알고 있습니다. 이번 사건은 원고 승소로 판결해 주시기 바랍니다."

"어, 알겠습니다. 판결 기일은 일주일 후입니다."

판사가 판결 기일을 지정해 주기는 했지만 사실 그걸 기다릴 필요도 없었다.

이미 피고 측 변호사인 노형진이 사건을 포기했으니까.

재판이 끝나자마자 사람들은 다들 노형진에게 달려갔다.

"도대체 왜 포기한 겁니까?"

"노 변호사님! 이길 수 있다면서요!"

"이게 무슨 소리야? 재판을 포기하다니!"

도무지 상황이 이해가 가지 않는 사람들은 노형진에게 앞다투어 질문을 던졌다.

그러나 노형진은 웃으며 대답했다.

"이건 임금 체불 소송이 아니라 회사의 승계 여부를 따지는 소송이거든요."

"그게 중요한가요? 전 이해를 못 하겠습니다."

무태식 변호사는 진짜 이해가 가지 않았다.

다른 사람도 아니고 노형진이 이렇게 재판을 날림으로 할리 없지 않은가?

"아, 저는 중요하지 않습니다. 하지만 저 사람들에게는 중요할 거예요."

출구로 나오는 유온진과 이 변호사.

"뭐야, 이럴 거면서 그렇게 버틴 거야? 쯧쯧, 거지새끼들 같으니라고."

"가시죠, 사장님."

"그러지. 아, 그리고 계좌나 넘겨. 몇 푼 안 되는 거 던져

줄 테니까."

수익이 400억이 넘는다. 그중에서 15억 정도 주는 거야 어려운 일도 아니다.

"계좌는 필요 없을 것 같은데요."

노형진은 그런 그들의 앞을 가로막으면서 미소 지었다.

"뭐?"

유온진은 무슨 소리냐는 얼굴로 말했다.

그때, 그런 그의 어깨에 떡하니 손을 올리는 사람들이 있었다.

"뭐야, 이 새끼들은?"

버르장머리없게 자신의 어깨에 손을 올리는 사람들을 보고 눈을 찌푸리는 유온진.

그러나 그는 곧 그들의 말에 온몸에 소름이 돋는 것을 느껴야 했다.

"경찰입니다."

"경찰?"

"네. 여기 보이시죠, 신분증?"

경찰이 도대체 왜 왔단 말인가?

유온진은 도무지 이해가 가지 않았다.

"진술 잘 들었습니다."

"진술? 무슨 진술?"

"진술이라니……! 자…… 잠깐!"

전혀 이해하지 못하는 유온진과 다르게 이 변호사는 얼굴이 사색이 되었다.

당장 돈을 주지 않아야 한다는 것에만 골몰해서 다른 건 전혀 생각하지 못한 채 엄청난 실수를 저질렀다.

"법정에서 대놓고 '저는 이렇게 사기를 쳤습니다.'라고 하셨잖습니까?"

"그……."

유온진은 당황해서 이해가 가지 않았다.

자신이 언제…….

"허억!"

증인석에서 한 말. 그리고 자신이 제출한 증거들.

그 모두가 기존 회사들이 자신의 소유임을 증명하는 것들이었다. 그리고 그건 사기다.

"보통 판사님이 자기 재판 사항을 고발하시지는 않지요. 하지만 피해자는 당신을 사기로 고발할 수 있습니다. 그리고 그 수사관이 피고, 아니 용의자가 참석하는 재판을 방청하는 것은 불법이 아닙니다. 그리고 그들이 들은 내용은 법적인 진술로 효력을 발휘하지요. 다른 곳도 아니고 증인석에서 선서하고 한 증언이니까요."

노형진은 그러면서 품에서 미리 준비한 증거 한 부를 꺼내 들었다.

"그리고 피고가 재판에서 합법하게 얻은 증거를 형사사건에 증거로 제출하는 것도 합법이지요."

그걸 보면서 다들 입을 쩍 벌렸다.

만일 여기에 경찰이 없었다면 이 모든 게 의미가 없었을 것이다.

하지만 노형진은 이미 모든 걸 예측하고 소위 '설계'라는 것을 했다.

당연히 경찰은 이 모든 걸 봤고, 무엇보다 유온진은 자신이 사기꾼이라는 증거를 다른 이도 아니고 노형진에게 직접 건네줬다.

"어디 보자…… 이번 건에서만 사기 피해자가 백여든 명이네요. 그런데 제가 알아본 바에 따르면 영화 다섯 편에 총 피해자가 팔백일흔네 명에 달하던데."

노형진은 눈을 차갑게 빛냈다.

"그거 다 변론하려면 힘드시겠습니다."

노형진의 완벽한 설계에 속아서 자신도 모르게 증거를 내준 유온진은 다리가 풀려서 털썩 주저앉았다.

그 옆에서는 이렇게 당할 줄 몰랐던 이 변호사가 입을 손으로 틀어막고 새어 나가려는 경악성을 막고 있었다.

"동행하시지요."

경찰은 오랜만에 대박 사건을 잡았다는 듯 싱글거리면서 유온진의 팔을 잡았다.

"수고하세요."

노형진은 경악을 금치 못하는 이 변호사의 어깨를 툭툭 치고 그곳을 벗어나며 크게 웃었다.

"으하하하하!"

"대단합니다."

무태식은 혀를 내둘렀다.

자신은 돈을 받을 생각만 했다.

아니, 자신뿐만 아니라 모든 사람이 그랬다.

그런데 노형진은 그걸로 끝내지 않았다.

"사기로 확실하게 밀어 넣었네요."

자기 스스로 사기 쳤다고 인정했으니 그는 벗어나고 싶어도 벗어날 수가 없다.

더군다나 관련 증거를 자기 손으로 직접, 모두 제출했으니까.

부정할 수도, 감출 수도 없다.

"스스로 검찰이나 경찰에 간 것도 아니니 자수로도 인정되지 않잖아?"

손채림도 싱글거리며 웃었다.

설마 이런 식으로 유온진을 대대적으로 엿 먹일 줄은 몰랐다.

"몇 년이나 나올까?"

"글쎄. 15년 이상은 나올걸."

"아깝네."

그런 짓을 벌이고도 고작 15년이라니.

화이트칼라 범죄를 워낙 제대로 처벌하지 않는 탓이다.

"더 나올 수도 있어."

"어?"

"명단이 있잖아. 경찰이 고작 유온진 하나만 잡겠어?"

"아하!"

유온진과 함께 일하는 자들의 명단은 첫 재판에서 나온 덕에 이미 노형진이 확보해서 넘긴 후다.

게다가 경찰이 바보가 아니고서야 그들이 전혀 상관없다고 생각할 리 없으니 그들도 탈탈 털어 내기 시작할 테고, 결국 그들도 실형을 피할 수 없을 것이다.

"그런 놈들은 자기 형량을 줄이기 위해 결국 동료를 팔아먹기 마련이지. 그게 사기꾼이야. 아마 이번 사건으로 족히 수십 명은 정부에서 주는 급식을 먹어야 할 거야."

"완전 제대로인데?"

그동안 이런 식으로 사기를 치고 임금을 빼돌리던 놈들이 보면 아마 찔끔할 것이다.

"이제는 못 받은 돈 받아 낼 일만 남았네. 압류해야 하나?"

"안 받을 건데?"

"으엥?"

"또요?"

이번에는 분명히 받을 거라 생각했다.

저들도 감옥에 넣고 복수도 제대로 했고, 사기 치는 놈들도 박멸했다. 그런데 돈을 안 받겠다니?

"노 변호사님, 물론 의뢰받은 내용이 돈이 아닌 다른 것이라는 건 압니다. 하지만 그래도 의뢰인을 위해 못 받은 임금은 받아 내야 하지 않을까요?"

"그걸 받을 생각은 없습니다."

노형진은 그렇게 말하면서 직접 작성한 서류를 꺼냈다.

"이게 1심 재판이었죠."

"기억하죠."

"이 재판의 주요 쟁점이 뭐였지요? 돈이었나요?"

"그건 아니죠. 사기로 인한 계약의 무효와 그로 인한 초상권 침해였을걸요."

말을 하던 무태식은 노형진이 무슨 생각을 하는지 퍼뜩 알아채고는 얼굴이 환해졌다.

"사기가 형사적으로 인정되면 계약 자체가 무효가 되겠군요."

"네. 제가 그 재판에서 주장한 대로지요."

초상권 침해 재판에서 노형진은 사기를 목적으로 위계를 써서 한 계약은 무효라고 주장했다.

"그때는 그냥 주장이었을 뿐이지요. 하지만 이젠 아닙니다."

스스로 증거를 내놨고 경찰도 수사 중이다. 빼도 박도 못하는 사기인 것이다.

"그러면 그들이 했던 모든 계약은 무효화됩니다."

"오호! 그 부분은 생각도 못 했습니다."

즉, 출연했던 사람들의 돈은 단순히 체불임금 지급이 아니라 초상권 침해로 인한 새로운 계약으로 들어가 지불되어야 한다는 것이다.

거기에는 과거의 범죄로 인한 손해배상과 정신적 위자료, 이자 등등 모든 것이 포함된다.

"다섯 배는 무리지만, 못해도 세 배는 받을 수 있을 겁니다."

무태식은 결국 크게 웃을 수밖에 없었다.

"완벽한 설계입니다, 완벽한 설계! 으하하하!"

다음 권으로 이어집니다

200평 초대형 24시 만화방

수면실(침대식) — 사우나석

다인석 — 샤워실

세탁기 — 신간100%

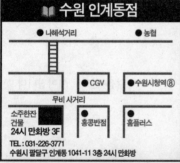

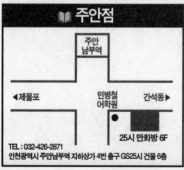

ROK
MEDIA
로크미디어

憑依劍神
빙의검신

서준백 신무협 장편소설

무협 소설에 빙의되며 갖게 된 행복
그런데 원작에선 우리 세가가 곧 멸문?

적당주의 7급 공무원, 정신을 차려 보니
무협 소설 '영웅로'의 찌질한 악역에 빙의됐다?

가족의 정을 알려 준 제갈세가,
그리고 자신과 주변의 무사안일을 위해
기억 속 '영웅로'의 내용을 이용한다!
알고 있는 내용은 8권까지지만······
뭐, 검사검사 무림도 구해 보실까?

야, 고구마 주인공!
이 안하무인 망나니가 잘 키워 줄게!

오지는 놈들의 끈적한(?) 우정과 함께하는
좌충우돌 무림 구원 기행!